Une Édition en deux parties dans le
Nr. Inventaire N° 45046

(par Mme de Charrières)

LETTRES

ÉCRITES

DE LAUSANNE.

TOULOUSE.

1785.

LETTRES

ÉCRITES

DE LAUSANNE.

PREMIERE LETTRE.

Combien vous avez tort de vous plaindre ! Un gendre d'un mérite médiocre, mais que votre fille a époufé fans répugnance : un établiffement que vous-même regardez comme avantageux, mais fur lequel vous avez été à peine confultée ! Qu'eft-ce que cela fait ? que vous importe ? Votre mari, fes parens & des convenances de fortune ont tout fait. Tant mieux. Si votre fille eft heureufe, en ferez-vous moins fenfible à fon bonheur ? fi elle eft malheureufe, ne fera-ce pas un chagrin de moins que de n'avoir pas fait fon fort ? Que

A 2

vous êtes romanefque ! Votre gendre eſt médiocre ; mais votre fille eſt-elle d'un caractère
ou d'un efprit ſi diſtingué ? On la ſépare de vous ;
aviez-vous tant de plaiſir à l'avoir auprès de
vous ? Elle vivra à Paris ; eſt-elle fâchée d'y
vivre ? Malgré vos déclamations fur les dangers,
fur les féductions, les illuſions, le preſtige,
le délire, &c. feriez-vous fâchée d'y vivre vous-
même ? Vous êtes encore belle , vous ſerez
toujours aimable ; je fuis bien trompée, ou vous
iriez de grand cœur vous charger *des chaînes
de la Cour* ſi elles vous étoient offertes. Je crois
qu'elles vous feront offertes. A l'occaſion de ce
mariage on parlera de vous , & l'on fentira ce
qu'il y auroit à gagner pour la Princeſſe qui
attacheroit à ſon fervice une femme de votre
mérite , fage fans pruderie , également fincère
& polie , modeſte quoique remplie de talens...
Mais voyons ſi cela eſt bien vrai. J'ai toujours
trouvé que cette forte de mérite n'exiſte que
fur le papier où les mots ne fe battent jamais
quelque contradiction qu'il y ait entr'eux. Sage
& point prude ! Il eſt ſûr que vous n'êtes point
prude : je vous ai toujours vue fort fage ; mais
vous ai-je toujours vue ? M'avez-vous fait l'hiſ-
toire de tous les inſtans de votre vie ? Une femme

parfaitement fage feroit prude ; je le crois du moins. Mais paffons là-deffus. Sincère & polie ! Vous n'êtes pas auffi fincère qu'il feroit poffible de l'être, parce que vous êtes polie ; ni parfaitement polie, parce que vous êtes fincère ; & vous n'êtes l'un & l'autre à la fois, que parce que vous êtes médiocrement l'un & l'autre. En voilà affez ; ce n'eft pas vous que j'épilogue : j'avois befoin de me dégonfler fur ce chapitre. Les tuteurs de ma fille me tourmentent quelquefois fur fon éducation ; ils me difent & m'écrivent, qu'une jeune fille doit acquérir les connoiffances qui plaifent dans le monde, fans fe foucier d'y plaire. Et où diantre prendra-t-elle de la patience & de l'application pour fes leçons de claveffin fi le fuccès lui en eft indifférent ? On veut qu'elle foit à la fois franche & réfervée. Qu'eft-ce que cela veut dire ? Qu'elle craigne le blâme fans défirer la louange ? On applaudit à toute ma tendreffe pour elle ; mais on voudroit que je fuffe moins continuellement occupée à lui éviter des peines & à lui procurer du plaifir. Voilà comme, avec des mots qui fe laiffent mettre à côté les uns des autres, on fabrique des caractères, des légiflations, des éducations & des bonheurs domeftiques impof-

fibles. Avec cela on tourmente les femmes,
les mères, les jeunes filles, tous les imbécilles
qui fe laiffent moralifer. Revenons à vous, qui
êtes auffi fincère & auffi polie qu'il eft befoin
de l'être ; à vous, qui êtes charmante ; à vous,
que j'aime tendrement. Le Marquis de ***
m'a dit l'autre jour qu'il étoit prefque fûr qu'on
vous tireroit de votre province. Eh bien ! laiffez-
vous placer à la Cour, fans vous plaindre de
ce qu'exige de vous votre famille. Laiffez-vous
gouverner par les circonftances, & trouvez-
vous heureufe qu'il y ait pour vous des circonftances qui gouvernent, des parens qui exigent,
un père qui marie fa fille, une fille peu fenfible
& peu réfléchiffante qui fe laiffe marier. Que
ne fuis-je à votre place ! Combien, en voyant
votre fort, ne fuis-je pas tentée de blâmer le
zèle religieux de mon grand-père ! Si, comme
fon frère, il avoit confenti à aller à la meffe,
je ne fais s'il s'en trouveroit auffi bien dans l'autre monde ; mais moi, il me femble que je m'en
trouverois mieux dans celui-ci. Ma romanefque
coufine fe plaint ; il me femble qu'à fa place je
ne me plaindrois pas. Aujourd'hui je me plains ;
je me trouve quelquefois très à plaindre. Ma
pauvre Cécile, que deviendra-t-elle ? Elle a dix-

sept ans depuis le printems dernier. Il a bien fallu la mener dans le monde pour lui montrer le monde, la faire voir aux jeunes hommes qui pourroient penser à elle..... Penser à elle ! Quelle ridicule expression dans cette occasion-ci ! Qui penseroit à une fille dont la mère est encore jeune, & qui pourra avoir après la mort de cette mère vingt-six mille francs de ce pays ! cela fait environ trente-huit mille livres de France. Nous avons de rente, ma fille & moi, quinze cent francs de France. Vous voyez bien que, si on l'épouse, ce ne sera pas pour avoir pensé, mais pour l'avoir vue. Il faut donc la montrer : il faut aussi la divertir, la laisser danser. Il ne faut pourtant pas la trop montrer, de peur que les yeux ne se lassent ; ni la trop divertir, de peur qu'elle ne puisse plus s'en passer, de peur aussi que ses tuteurs ne me grondent, de peur que les mères des autres ne disent, c'est bien mal entendu ! Elle est si peu riche ! Que de tems perdu à s'habiller, sans compter le tems où l'on est dans le monde ; & puis cette parure, toute modeste qu'elle est, ne laisse pas de coûter : les gazes, les rubans, &c. car rien n'est si exact, si long, si détaillé que la critique des femmes. Il ne faut

pas non plus la laisser trop danser ; la danse
l'échauffe & ne lui sied pas bien : ses cheveux,
médiocrement bien arrangés par elle & par
moi , lui donnent en se dérangeant un air
de rudesse ; elle est trop rouge , & le lendemain elle a mal à la tête ou un saignement
de nez ; mais elle aime la danse avec passion :
elle est assez grande , bien faite , agile , elle a
l'oreille parfaite ; l'empêcher de danser seroit
empêcher un daim de courir. Je viens de vous
dire comment est ma fille pour la taille ; je vais
vous dire ce qu'elle est pour le reste. Figurez-
vous un joli front , un joli nez , des yeux noirs
un peu enfoncés ou plutôt couverts , pas bien
grands , mais brillans & doux ; les lèvres un
peu grosses & très-vermeilles , les dents saines ,
une belle peau de brune , le tein très-animé ,
un cou qui grossit malgré tous les soins que je
me donne , une gorge qui seroit belle si elle
étoit plus blanche , le pied & la main passables ;
voilà Cécile. Si vous connoissiez Madame R***,
ou les belles paysannes du Pays-de-Vaud , je
pourrois vous en donner une idée plus juste.
Voulez-vous savoir ce qu'annonce l'ensemble
de cette figure ? Je vous dirai que c'est la santé,
la bonté , la gaieté , la susceptibilité d'amour

& d'amitié, la fimplicité de cœur & la droiture d'efprit, & non l'extrême élégance, délicateffe, fineffe, nobleffe. C'eft une belle &
bonne fille que ma fille. Adieu, vous m'allez
demander mille chofes fur fon compte, &
pourquoi j'ai dit *pauvre Cécile! Que deviendra-
t-elle?* Eh bien! demandez; j'ai befoin d'en
parler, & je n'ai perfonne ici à qui je puiffe
en parler.

SECONDE LETTRE.

EH bien oui. Un joli jeune Savoyard habillé
en fille. C'eſt aſſez cela. Mais n'oubliez pas,
pour vous la figurer auſſi jolie qu'elle l'eſt, une
certaine tranſparence dans le teint, je ne ſais
quoi de ſatiné, de brillant que lui donne ſouvent une légère tranſpiration : c'eſt le contraire
du mat, du terne ; c'eſt le ſatiné des fleurs
rouges, des pois odoriférans. Voilà bien à préſent ma Cécile. Si vous ne la reconnoiſſiez pas
en la rencontrant dans la rue, ce ſeroit votre
faute. Pourquoi, dites-vous, un gros cou ?
C'eſt une maladie de ce pays, un épaiſſiſſement
de la lymphe, un engorgement dans les glan-
des, dont on n'a pu rendre raiſon juſqu'ici.
On l'a attribué long-tems aux eaux trop froides, ou chariant du tuf ; mais Cécile n'a jamais bu que de l'eau panée, ou des eaux mi-
nérales. Il faut que cela vienne de l'air : peut-
être du ſouffle froid de certains vents, qui font
ceſſer quelquefois tout à coup la plus grande
chaleur. On n'a point de gouëtres ſur les montagnes ; mais à meſure que les vallées ſont plus

étroites & plus profondes, on en voit davantage & de plus gros. Ils abondent fur-tout dans
les endroits où l'on voit le plus d'imbécilles &
d'écrouelleux. On y a trouvé des remèdes,
mais point encore de préfervatifs, & il ne me
paroît pas décidé que les remèdes emportent
entiérement le mal & foient fans inconvénient
pour la fanté. Je redoublerai de foin pour que
Cécile foit toujours garantie du froid de l'air
du foir, & je ne ferai pas autre chofe; mais
je voudrois que le Souverain promît des prix
à ceux qui découvriroient la nature de cette
difformité, & qui indiqueroient les meilleurs
moyens de s'en préferver. Vous me demandez
comment il arrive qu'on fe marie quand on n'a
à mettre enfemble que trente-huit mille francs,
& vous êtes étonnée qu'étant fille unique je ne
fois pas plus riche. La queftion eft étrange.
On fe marie, parce qu'on eft un homme & une
femme, & qu'on fe plait; mais laiffons cela,
je vous ferai l'hiftoire de ma fortune. Mon
grand-père, comme vous le favez, vint du
Languedoc avec rien; il vécut d'une penfion
que lui faifoit le vôtre, & d'une autre qu'il
recevoit de la cour d'Angleterre. Toutes deux
cefsèrent à fa mort. Mon père fut Capitaine au

fervice d'Hollande. Il vivoit de fa paie & de
la dot de ma mère, qui fut de fix mille francs.
Ma mère, pour le dire en paffant, étoit d'une
famille bourgeoife de cette ville, mais fi jolie
& fi aimable, que mon père ne fe trouva jamais pauvre ni mal afforti avec elle; & elle en
fut fi tendrement aimée, qu'elle mourut de
chagrin de fa mort. C'eft à elle, non à moi ni
à fon père, que Cécile reffemble. Puiffe-t-elle
avoir une vie auffi heureufe, mais plus longue !
puiffe même fon fort être auffi heureux, dût
fa carrière n'être pas plus longue ! Les fix mille
francs de ma mère ont été tout mon bien.
Mon mari avoit quatre frères. Son père donna
à chacun d'eux dix mille francs quand ils eu-
rent vingt-cinq ans : il en a laiffé encore dix
mille aux quatre cadets; le refte à l'aîné avec
une terre eftimée quatre-vingt mille francs. C'é-
toit un homme riche pour ce pays-ci, & qui
l'auroit été dans votre province ; mais quand
on a cinq fils, & qu'ils ne peuvent devenir ni
prêtres ni commerçans, c'eft beaucoup de laiffer à tous de quoi vivre. La rente de nos vingt-
fix ou trente-huit mille francs fuffit pour nous
donner toutes les jouïffances que nous défirons;
mais vous voyez qu'on n'époufera pas Cécile

pour fa fortune. Il n'a pourtant tenu qu'à moi
de la marier.... Non, il n'a pas tenu à moi ;
je n'aurois pu m'y réfoudre , & elle-même
n'auroit pas voulu. Il s'agiffoit d'un jeune miniftre fon parent du côté de ma mère , d'un
petit homme pâle & maigre , choyé , chauffe,
careffé par toute fa famille. On le croit, pour
quelques mauvais vers , pour quelques froides
déclamations , le premier littérateur , le premier génie , le premier orateur de l'Europe.
Nous fûmes chez fes parens ma fille & moi, il
y a environ fix femaines. Un jeune Lord &
fon gouverneur, qui font en penfion dans cette
maifon, pafsèrent la foirée avec nous. Après
le goûté, on fit des jeux d'efprit ; enfuite on
joua à colin-maillard, enfuite au lotto. Le
jeune Anglois eft en homme ce que ma fille eft
en femme ; c'eft un auffi joli villageois anglois
que Cécile eft une belle villageoife du Pays-
de-Vaud. Il ne brilla pas aux jeux d'efprit ;
mais Cécile eut bien plus d'indulgence pour
fon mauvais françois que pour le fade bel efprit de fon coufin , ou, pour mieux dire , elle
ne prit point garde à celui-ci ; elle s'étoit
fait la gouvernante & l'interprête de l'autre.
A colin-maillard vous jugez bien qu'il n'y

eut point de comparaison entre leur adreſſe ;
au lotto, l'un étoit économe & attentif, l'autre diſtrait & magnifique. Quand il fut queſtion
de s'en aller : *Jeannot*, dit la mère, *tu ramé-
neras la Cécile ; mais il fait froid, mets ta
redingotte, boutonne-la bien.* La tante lui
apporta des galoches. Pendant qu'il ſe bouton-
noit comme un porte-manteau, & ſembloit ſe
préparer à un voyage de long cours, le jeune
Anglois monte l'eſcalier quatre à quatre, revient
comme un trait avec ſon chapeau, & offre la
main à Cécile. Je ne pus pas m'empêcher de
rire, & je dis au couſin qu'il pouvoit ſe déſem-
mailloter. Si ſon ſort auprès de Cécile eût été
douteux, ce moment le décidoit. Quoiqu'il
ſoit fils unique de riches parens, & qu'il doive
hériter de cinq ou ſix tantes, Cécile n'épouſera
pas ſon couſin le Miniſtre ; ce ſeroit Agnès &
le corps mort : mais, au lieu de reſſuſciter, il
pourroit devenir plus mort. Ce corps mort a
un ami très-vivant, Miniſtre auſſi, qui eſt devenu amoureux de Cécile pour l'avoir vue deux
ou trois fois chez la mère de ſon ami. C'eſt
un jeune homme de la vallée du lac de Joux,
beau, blond, robuſte, qui fait fort bien dix
lieues par jour, qui chaſſe plus qu'il n'étudie,

& qui va tous les dimanches prêcher à son an-
nexe, à une lieue de chez lui; en été sans para-
sol, & en hiver par la neige sans redingote ni
galoches : il porteroit au besoin son pédant
petit ami sur le bras. Si ce mari convenoit
à ma fille, j'irois de grand cœur vivre avec eux
dans une cure de montagne ; mais il n'a que
sa paie de Ministre pour toute fortune , & ce
n'est pas même la plus grande difficulté : je
crains la finesse montagnarde, & Cécile s'en
accommoderoit moins que toute autre femme ;
d'ailleurs mes beaux-frères, ses tuteurs, ne
consentiroient jamais à une pareille alliance ;
& moi-même je n'y consentirois qu'avec peine.
La noblesse, dans ce pays-ci, n'est bonne à rien
du tout, ne donne aucun privilège, aucun
droit, aucune exemption ; mais si cela la rend
plus ridicule chez ceux qui ont de la disposition
à l'être, cela la rend plus aimable & plus pré-
cieuse chez un petit nombre d'autres. J'avoue
que j'ai ces autres dans la tête plutôt que je
ne les connois. J'imagine des gens qui ne peuvent devenir ni Chanoines, ni Chevaliers de
Malthe, & qui paient tous les impôts ; mais
qui se sentent plus obligés que d'autres à être
braves, désintéressés , fidèles à leur parole,

qui ne voient point de poffibilité pour eux à
commettre une action lâche ; qui croient avoir
reçu de leurs ancêtres, & devoir remettre à
leurs enfans, une certaine fleur d'honneur qui
eft à la vertu ce que la grace eft à la beauté,
ce que l'élégance eft à la force ; qui confervent
ce vernis avec d'autant plus de foin qu'il eft
moins définiffable, & qu'eux-mêmes ne favent
pas bien ce qu'il pourroit fupporter fans être
détruit ou flétri. C'eft ainfi que l'on conferve
une fleur délicate, un vafe précieux. C'eft
ainfi qu'un ami bien ami ne donne rien au hafard quand il s'agit de fon ami, qu'une femme
ou une maîtreffe bien fidelle veille même fur
fes penfées. Adieu, je vais m'amufer à rêver
aux belles délicates chofes que je viens de vous
dire. Je fouhaite qu'elles vous faffent auffi rêver
agréablement.

P. S. Peut-être ce que j'ai dit eft-il vieux
comme le monde, & je le trouve même de
nature à n'être pas neuf : mais n'importe ; j'y
ai pris tant de plaifir que j'ai peine à ne pas
revenir fur la même idée, & à ne pas vous
la détailler davantage. Ce privilège de la nobleffe, qui ne confifteroit précifément que

dans

dans une obligation de plus , & plus ſtricte &
plus intimément ſentie ; qui parleroit au jeune
homme plus haut que ſa conſcience , & le ren-
droit ſcrupuleux malgré ſa fougue ; au vieillard ,
& lui donneroit du courage malgré ſa foibleſſe ;
le privilège , dis-je , m'enchante , m'attache &
me ſéduit. Je ne puis ſouffrir que cette claſſe ,
idéale peut - être , de la ſociété ſoit négligée
par le Souverain , qu'on la laiſſe oubliée dans
l'oiſiveté & dans la miſère ; car ſi elle s'enrichit
par un mariage d'argent , par le commerce ,
par des ſpéculations de finance , ce n'eſt plus
cela : la nobleſſe devient roturière , ou , pour
parler plus juſte , ma chimère s'évanouit.

TROISIEME LETTRE.

SI j'étois Roi, je ne sais pas si je serois juste,
quoique je voulusse l'être; mais voici assuré-
ment ce que je ferois. Je ferois un dénombre-
ment bien exact de toute la noblesse chapitrale
de mon pays. Je donnerois à ces nobles quelque
distinction peu brillante, mais bien marquée,
& je n'introduirois personne dans cette classe
d'élite. Je me chargerois de leurs enfans quand
ils en auroient plus de trois. J'assignerois
une pension à tous les chefs de famille quand
ils seroient tombés dans la misère, comme le
Roi d'Angleterre en donne une aux Pairs *en
décadence*. Je formerois une seconde classe des
Officiers qui seroient parvenus à certains grades
& de leurs enfans, de ceux qui auroient occupé
certains emplois, &c. Dans chaque province
cette classe seroit libre de s'aggréger tel ou tel
homme qui se seroit distingué par quelque bonne
action, un Gentilhomme étranger, un riche
Négociant, l'Auteur de quelqu'invention utile.

Le Peuple fe nommeroit des Repréfentans, &
ce feroit un troifième ordre dans la nation ;
mais celui-ci ne feroit pas héréditaire. Chacun
des trois auroit certaines diftinctions & le foin
de certaines chofes, outre les charges qu'on
donneroit aux individus indiftinctement avec le
refte de mes fujets. On choifiroit dans les trois
claffes des Députés qui, réunis, feroient le
confeil de la nation : ils habiteroient la capitale.
Je les confulterois fur tout. Ces Confeillers feroient à vie : ils auroient tous le pas devant le
corps de la nobleffe. Chacun d'eux fe nommeroit un fucceffeur, qui ne pourroit être un fils,
un gendre, ni un neveu ; mais cette nomination
auroit befoin d'être examinée & confirmée par
le Souverain & par le confeil. Leurs enfans
entreroient de droit dans la claffe noble. Les
familles qui viendroient à s'éteindre fe trouveroient ainfi remplacées. Tout homme, en fe
mariant, entreroit dans la claffe de fa femme,
& fes enfans en feroient comme lui. Cette
difpofition auroit trois motifs. D'abord les enfans font encore plus certainement de la femme
que du mari. En fecond lieu, la première éducation, les préjugés, on les tient plus de fa

mère que de fon père. En troifième lieu, je croirois, par cet arrangement, augmenter l'émulation chez les hommes, & faciliter le mariage pour les filles qu'on peut fuppofer les mieux élevées & les moins riches des filles époufables d'un pays. Vous voyez bien que, dans ce fuperbe arrangement politique, ma Cécile n'eft pas oubliée. Je fuis partie d'elle ; je reviens à elle. Je la fuppofe appartenant à la première claffe, belle ; bien élevée & bonne comme elle eft. Je vois à fes pieds tous les jeunes hommes de fa propre claffe, qui ne voudroient pas décheoir, & ceux d'une claffe inférieure, qui auroient l'ambition de s'élever. Réellement, il n'y auroit que cet anobliffe-ment qui pût me plaire. Je hais tous les autres, parce qu'un Souverain ne peut donner avec des titres ce préjugé de nobleffe, ce fentiment de nobleffe qui me paroît être l'unique avantage de la nobleffe. Suppofé qu'ici l'homme ne l'ac-quît pas en fe mariant, les enfans le pren-droient de leur mère. Voilà bien affez de poli-tique ou de rêverie. Outre les deux hommes dont je vous ai parlé, Cécile a encore un amant dans la claffe bourgeoife ; mais il la feroit plutôt tomber avec lui, qu'il ne s'éléveroit avec elle. Il fe bat, s'enivre & voit des filles comme les nobles Allemands, & quelques jeunes Seigneurs Anglois qu'il fréquente : il eft d'ailleurs bien fait & affez aimable ; mais fes mœurs m'effraieroient. Son oifiveté ennuie Cécile ; & quoiqu'il ait du bien, à force d'imiter ceux qui en ont plus que lui, il pourra dans peu fe trouver ruiné. Il y en a bien encore un autre. C'eft un jeune homme fage, doux, aimable, qui a des talens & qui s'eft voué au commerce. Ailleurs il pourroit y faire quelque chofe, mais ici cela ne fe peut pas. Si ma fille avoit de la prédilection pour lui, & que fes oncles n'y miffent pas obftacle, je confentirois à aller vivre avec eux à Genève, à Lyon, à Paris, par-tout où ils voudroient ; mais le jeune homme n'aime peut-être pas affez Cécile pour quitter fon fol natal, le plus agréable en effet qui exifte, la vue de notre beau lac & de fa riante rive. Vous voyez, ma chère amie, que, dans ces quatre amans, il n'y a pas un mari. Ce n'en eft pas un non plus que je puffe propofer à Cécile, qu'un certain coufin fort noble, fort borné, qui habite un trifte château où l'on ne lit, de père en fils, que la bible & la gazette. Et le jeune Lord? direz-vous. Que j'aurois de chófes à vous répondre ! Je les garde pour une autre lettre. Ma fille me preffe d'aller faire un tour de promenade avec elle. Adieu.

QUATRIEME LETTRE.

IL y a huit jours que ma coufine (la mère du petit Théologien) étant malade, nous allâmes lui tenir compagnie ma fille & moi. Le jeune Lord l'ayant appris, renonça à un piquenic que faifoient ce jour-là tous les Anglois qui font à Laufanne, & vint demander à être reçu chez ma coufine. Hors les heures des repas on ne l'y avoit pas vu depuis le foir des galoches. Il fut reçu d'abord un peu froidement; mais il marcha fi difcrétement fur la pointe des pieds, parla fi bas, fut officieux de fi bonne grace; il apporta fi joliment fa grammaire françoife à Cécile pour qu'elle lui apprît à prononcer, à dire les mots précifément comme elle, que ma coufine & fes fœurs fe radoucirent bientôt: mais tout cela déplut au fils de la maifon à proportion de ce que cela plaifoit au refte de la compagnie, & il en a confervé une telle rancune, qu'à force de fe plaindre du bruit que l'on faifoit fur fa tête & qui interrompoit tantôt fes études tantôt fon fommeil, il a engagé fa bonne & fotte mère à prier Milord

& fon Gouverneur de chercher un autre loge-
ment. Ils vinrent hier me le dire, & me demander fi je voulois les prendre en penfion.
Je refufai bien nettement, fans attendre que
Cécile eût pu avoir une idée ou former un fou-
hait. Enfuite ils fe retranchèrent à me demander un étage de ma maifon qu'ils favoient être
vuide ; je refufai encore. Mais feulement pour
deux mois, dit le jeune homme, pour un mois,
pour quinze jours, en attendant que nous ayons
trouvé à nous loger ailleurs. Peut-être nous
trouverez-vous fi difcrets qu'alors vous nous
garderez. Je ne fuis pas auffi bruyant que M. S.
le dit ; mais quand je le ferois naturellement,
je fuis fûr, Madame, que vous & Mademoifelle votre fille ne m'entendrez pas marcher,
& hors la faveur de venir quelquefois ici apprendre un peu de françois, je ne demanderai
rien avec importunité. Je regardai Cécile ; elle
avoit les yeux fixés fur moi. Je vis bien qu'il
falloit refufer ; mais en vérité je fouffris prefqu'autant que je faifois fouffrir. Le Gouverneur
déméla mes motifs, & arrêta les inftances du
jeune homme qui eft venu ce matin me dire
que n'ayant pu m'engager à le recevoir chez
moi, il s'étoit logé le plus près de nous qu'il

avoit pu, & qu'il me demandoit la permiſſion de nous venir voir quelquefois. Je l'ai accordée. Il s'en alloit. Après l'avoir conduit juſqu'à la porte, Cécile eſt venue m'embraſſer. Vous me remerciez, lui ai-je dit ; elle a rougi : je l'ai tendrement embraſſée. Des larmes ont coulé de mes yeux. Elle les a vues, & je ſuis ſûre qu'elle y a lu une exhortation à être ſage & prudente, plus perſuaſive que n'auroit été le plus éloquent diſcours. Voilà mon beau-frère & ſa femme ; je ſuis forcée de m'interrompre.

Tout ſe dit, tout ſe fait ici en un inſtant. Mon beau-frère a appris que j'avois refuſé de louer à un prix fort haut un appartement qui ne me ſert à rien. C'eſt le tuteur de ma fille. Il loue à des étrangers des appartemens chez lui ; quelquefois même toute ſa maiſon. Alors il va à la campagne, ou il y reſte. Il m'a donc trouvé très-extraordinaire, & m'a beaucoup blâmée. J'ai dit pour toute raiſon que je n'avois pas jugé à propos de louer. Cette manière de répondre lui a paru d'une hauteur inſupporta- ble. Il commençoit tout de bon à ſe fâcher, quand Cécile a dit que j'avois ſans doute des raiſons que je ne voulois pas dire ; qu'il falloit les croire bonnes, & ne me pas preſſer davantage. Je l'ai embraſſée pour la remercier : les larmes lui ſont venues aux yeux à ſon tour. Mon beau-frère & ma belle-ſœur ſe ſont retirés ſans ſavoir qu'imaginer de la mère ni de la fille. Je ſerai blâmée de toute la ville. Je n'aurai pour moi que Cécile, & peut-être le Gouverneur du jeune Lord. Vous ne comprenez rien ſans-doute à ce louage, à ces étrangers, au chagrin que mon beau-frère m'a témoigné. Connoiſſez-vous Plombières, ou Bourbonne, ou Barège ? D'après ce que j'en ai entendu dire, Lauſanne reſſemble aſſez à tous ces endroits-là. La beauté de notre pays, notre académie & M. Tiſſot nous amènent des étrangers de tous les pays, de tous les âges, de tous les caractères, mais non de toutes les fortunes. Il n'y a guère que les gens riches qui puiſſent vivre hors de chez eux. Nous avons donc, ſur-tout, des Seigneurs Anglois, des Financières Françoiſes & des Princes Allemands qui apportent de l'argent à nos aubergiſtes, aux payſans de nos environs, à nos petits marchands & artiſans, & à cent de nous qui ont des maiſons à louer en ville ou à la campagne, & qui appauvriſſent tout le reſte en renchériſſant les denrées & la main-d'œuvre, & en nous donnant le goût avec l'exemple d'un luxe peu fait pour nos fortunes & 'nos reſſources. Les gens de Plombières, de Spa, de Barège ne vivent pas avec leurs hôtes, ne prennent pas leurs habitudes ni leurs mœurs. Mais nous, dont la ſociété eſt plus aimable, dont la naiſſance ne le cède ſouvent pas à-la-leur, nous vivons avec eux, nous leur plaiſons, quelquefois nous les formons, & ils nous gâtent. Ils font tourner la tête à nos jeunes filles, ils donnent à ceux de nos jeunes hommes qui conſervent des mœurs ſimples un air gauche & plat, aux autres le ridicule d'être des ſinges & de ruiner ſouvent leur bourſe & plus ſouvent leur ſanté. Les ménages, les mariages n'en vont pas mieux non plus, pour avoir dans nos cotteries d'élégantes Françoiſes, de belles Angloiſes, de jolis Anglois, d'aimables roués François; & ſuppoſé que cela ne gâte pourtant pas beaucoup de mariages, cela en empêche beaucoup. Les jeunes filles trouvent leurs compatriotes peu élégans. Les jeunes hommes trouvent les filles trop coquettes. Tous craignent l'économie à laquelle le mariage les obligeroit; & s'ils ont quelque diſpoſition, les uns à avoir des maîtreſſes, les autres à avoir des amans, rien n'eſt ſi naturel ni ſi raiſonnable

que cette appréhenſion d'une ſituation étroite
& gênée. J'ai trouvé long-tems fort injuſte
qu'on jugeât plus ſévérement les mœurs d'une
femme de Marchand ou d'Avocat que celles de
la femme d'un Fermier-Général ou d'un Duc.
J'avois tort. Celle-ci ſe corrompt davantage, &
fait bien plus de mal que celle-là à ſon mari.
Elle le rend plus ridicule, parce qu'elle lui rend
ſa maiſon déſagréable, & qu'à moins de le
tromper bien complettement, elle l'en bannit.
Or, s'il s'en laiſſe bannir, il paſſe pour un benet;
s'il ſe laiſſe tromper, pour un ſot : de manière
où d'autre il perd toute conſidération, & ne
fait rien avec ſuccès de ce qui en demande.
Le public le plaint, & trouve ſa femme odieuſe
parce qu'elle le rend à plaindre. Chez des gens
riches, chez des grands, dans une maiſon vaſte,
perſonne n'eſt à plaindre. Le mari a des maîtreſſes s'il en veut avoir, & c'eſt preſque toujours par lui que le déſordre a commencé. On
lui rend trop de reſpects pour qu'il paroiſſe ridicule. La femme ne paroît point odieuſe, & ne
l'eſt point. Joignez à cela qu'elle traite bien ſes
domeſtiques, qu'elle peut faire élever ſes enfans, qu'elle eſt charitable, qu'on danſe &
mange chez elle. Qui eſt-ce qui ſe plaint, &

combien de gens n'ont pas à fe louer ? En vérité, pour ce monde l'argent eſt bon à tout. Il achète juſqu'à la facilité de conferver des vertus dans le déſordre , d'être vicieux avec le moins d'In- convéniens poſſibles. Il vient , je l'avoue , un tems où il n'achète plus rien de ce que l'on déſire , & où des hommes & des femmes , gâtés long-tems par ſon enivrante poſſeſſion , trouvent affreux qu'il ne puiſſe leur procurer un inſtant de ſanté ou de vie , ni la beauté , ni la jeuneſſe , ni le plaiſir , ni la vigueur : mais combien de gens ceſſent de vivre avant que ſon inſuffiſance ſe faſſe ſi cruellement ſentir ! Voici une bien longue lettre. Je ſuis fatiguée d'écrire. Adieu ma chère amie.

Je m'apperçois que je n'ai parlé que des femmes infidelles riches ou pauvres ; j'aurois la même choſe à dire des maris. S'ils ne ſont pas riches , ils donnent à une maîtreſſe le né- ceſſaire de leurs femmes ; s'ils ſont riches , ce n'eſt que du ſuperflu , & ils leur laiſſent mille amuſemens , mille reſſources , mille conſola- tions. Pour laiſſer épouſer à ma fille un homme ſans fortune , je veux qu'ils s'aiment paſſionné- ment : s'il eſt queſtion d'un grand Seigneur fort riche , j'y regarderai peut-être d'un peu moins près.

CINQUIEME LETTRE.

VOTRE mari trouve donc ma légiſlation bien abſurde, & il s'eſt donné la peine de faire une liſte des inconvéniens de mon projet. Que ne me remercie-t-il, l'ingrat, de l'avoir fait penſer ſur la nobleſſe, le gouvernement, les hommes, les femmes, le mariage, en huit jours plus qu'il n'y avoit penſé peut-être en huit ans ! Je vais répondre à quelques-unes de ſes objeQions. « Les jeunes hommes met-
» troient trop d'application à plaire aux fem-
» mes qui pourroient les élever à une claſſe
» ſupérieure ». Pas plus qu'ils n'en mettent aujourd'hui à ſéduire & à tromper les femmes de toutes les claſſes.

« Les maris, élevés par leurs femmes à une
» claſſe ſupérieure, leur auroient trop d'obli-
» gation ». Outre que je ne verrois pas un grand inconvénient à cette reconnoiſſance, le nombre des obligés ſeroit très-petit, & il n'y auroit pas plus de mal à devoir à ſa femme ſa nobleſſe que ſa fortune ; obligation que nous voyons contraQer tous les jours.

« Les filles feroient entrer dans la claſſe no-
» ble, non les gens de plus de mérite, mais les
» plus beaux ». Les filles dépendroient de
leurs parens comme aujourd'hui ; & quand
il arriveroit qu'elles ennobliroient de tems en
tems un homme qui n'auroit de mérite que ſa
figure, quel grand mal y auroit-il ? Leurs enfans en feroient plus beaux , la nobleſſe ſe
verroit rembellie. Un Seigneur Eſpagnol dit un
jour à mon père : ſi vous rencontrez à Madrid
un homme bien laid , petit , foible , mal-ſain,
ſoyez ſûr que c'eſt un Grand d'Eſpagne. Une
plaiſanterie & une exagération ne ſont pas un
argument , mais votre mari conviendra bien
qu'il y a par tout pays quelque fondement au
diſcours de l'Eſpagnol. Revenons à ſa liſte d'inconvéniens.

« Un gentilhomme aimeroit une fille de la
» ſeconde claſſe , belle , vertueuſe , & il ne
» pourroit l'épouſer. » Pardonnez - moi , il
l'épouſeroit. « Mais il s'aviliroit ». Non, tout
le monde applaudiroit au ſacrifice. Et ne pour-
roit-il pas remonter au - deſſus même de ſa
propre claſſe , en ſe faiſant nommer, à force
de mérite , membre du conſeil de la nation
& du Roi ? Ne feroit-il pas rentrer par-là ſes

enfans dans leur claſſe originaire ? Et ſes fils
d'ailleurs n'y pourroient-ils pas rentrer par des
mariages ? « Et quelles ſeroient les fonctions
» de ce conſeil de la nation ? De quoi s'occu-
» peroit-il ? Dans quelles affaires jugeroit-il ? »
Ecoutez, mon couſin : la première fois qu'un
Souverain me demandera l'explication de mon
projet, dans l'intention d'en faire quelque
choſe, je l'expliquerai, & le détaillerai de mon
mieux ; & s'il ſe trouve à l'examen auſſi mal
imaginé & auſſi impraticable que vous le croyez,
je l'abandonnerai courageuſement. « Il eſt
» bien d'une femme », dites-vous : à la bonne
heure, je ſuis une femme, & j'ai une fille.
J'ai un préjugé pour l'ancienne nobleſſe ; j'ai
du foible pour mon ſexe : il ſe peut que je
ne ſois que l'avocat de ma cauſe, au lieu
d'être un juge équitable dans la cauſe générale
de la ſociété. Si cela eſt, ne me trouvez-vous
pas bien excuſable ? Ne permettrez-vous pas
aux Hollandois de ſentir plus vivement les inconvéniens qu'auroit pour eux la navigation
libre de l'Eſcaut, que les argumens de leur
Adverſaire en faveur du droit de toutes les
nations ſur toutes les rivières ? Vous me faites
ſouvenir que cette Cécile, pour qui je vou-

drois

drois créer une Monarchie d'une efpèce toute nouvelle, ne feroit que de la feconde claffe, fi cette Monarchie avoit été créée avant nous, puifque mon père feroit devenu de la claffe de fa femme, & mon mari de la mienne.

Je vous remercie de m'avoir répondu fi gravement. C'eft plus d'honneur, je ne dirai pas que je ne mérite, mais que je n'efpérois. Adieu, mon coufin. Je retourne à votre femme.

Vous êtes enchantée de Cécile, & vous avez bien raifon. Vous me demandez comment j'ai fait pour la rendre fi robufte, pour la conferver fi fraîche & fi faine. Je l'ai toujours eue auprès de moi ; elle a toujours couché dans ma chambre, &, quand elle avoit froid, dans mon lit. Je l'aime uniquement : cela rend bien clairvoyante & bien attentive. Vous me demandez fi elle n'a jamais été malade. Vous favez qu'elle a eu la petite vérole. Je voulois la faire inoculer, mais je fus prévenue par la maladie ; elle fut longue & violente. Cécile eft fujette à de grands maux de tête : elle a eu tous les hivers des engelures aux pieds qui la forcent quelquefois à garder le lit. J'ai encore mieux aimé cela que de l'empêcher de courir dans la neige, & de fe chauffer enfuite quand elle avoit bien

C

froid. Pour fes mains, j'avois fi peur de les lui
voir venir laides, que je fuis venue à bout de
les garantir. Vous demandez comment je l'ai
élevée. Je n'ai jamais eu d'autre domeftique
qu'une fille élevée chez ma grand'mère, & qui
a fervi ma mère. C'eft auprès d'elle, dans fon
village, chez fa nièce, que je la laiffai quand je
paffai quinze jours avec vous à Lyon, & lorfque
j'allai vous voir chez notre vieille tante. J'ai
enfeigné à lire & à écrire à ma fille dès qu'elle
a pu prononcer & remuer les doigts ; penfant,
comme l'Auteur de Séthos, que nous ne favons
jamais bien que ce que nous avons appris ma-
chinalement. Depuis l'âge de huit ans jufqu'à
feize elle a pris tous les jours une leçon de
latin & de religion de fon coufin le père
du pédant & jaloux petit amant, & une de
mufique d'un vieux Organifte fort habile. Je lui
ai appris auffi autant d'arithmétique qu'une femme a befoin d'en favoir. Je lui ai montré à
coudre, à tricotter & à faire de la dentelle.
J'ai laiffé tout le refte au hafard. Elle a appris
un peu de géographie en regardant des cartes
qui pendent dans mon anti-chambre, & elle a
lu ce qu'elle a trouvé en fon chemin quand
cela l'amufoit. Elle a écouté ce qu'on difoit

quand elle en a été curieufe, & que fon attention n'importunoit pas. Je ne fuis pas bien fa-
vante ; ma fille l'eft encore moins. Je ne me
fuis pas attachée à l'occuper toujours : je l'ai
laiffée s'ennuyer quand je n'ai pas fu l'amufer.
Je ne lui ai point donné des maîtres chers.
Elle ne joue pas de la harpe. Elle ne fait ni
l'italien, ni l'anglois. Elle n'a eu que trois
mois de leçons de danfe. Vous voyez bien
qu'elle n'eft pas très-merveilleufe ; mais, en
vérité, elle eft fi jolie, fi bonne, fi naturelle,
que je ne penfe pas que perfonne voulût y rien
changer. Pourquoi, direz-vous, lui avez-vous
fait apprendre le latin? Pour qu'elle fût le françois fans que j'euffe la peine de la reprendre fans
ceffe, pour l'occuper, pour être débarraffée
d'elle & me repofer une heure tous les jours ;
& cela ne nous coûtoit rien. Mon coufin le
Profeffeur avoit plus d'efprit que fon fils &
toute la fimplicité qui lui manque. C'étoit un
excellent homme. Il aimoit Cécile ; &, jufqu'à
fa mort, les leçons qu'il lui donnoit ont été
auffi agréables pour lui que profitables pour
elle. Elle l'a fervi pendant fa dernière maladie,
comme elle eût pu fervir fon père, & l'exemple de patience & de réfignation qu'il lui a

donné a été une dernière leçon plus impor-
tante que toutes les autres, & qui a rendu
toutes les autres plus utiles. Quand elle a mal
à la tête, quand ſes engelures l'empêchent de
faire ce qu'elle voudroit, quand on lui parle
d'une maladie épidémique qui menace Lauſanne (nous y ſommes ſujets aux épidémies),
elle ſonge à ſon couſin le Profeſſeur, & elle
ne ſe permet ni plainte, ni impatience, ni
terreur exceſſive.

Vous êtes bien bonne de me remercier de
mes lettres. C'eſt à moi à vous remercier de
vouloir bien me donner le plaiſir de les écrire.

SIXIEME LETTRE.

N'Y avoit-il pas d'inconvénient, me dites-
vous, à laiffer lire, à laiffer écouter? N'auroit-
il pas mieux valu, &c. J'abrège; je ne tranf-
cris pas toutes vos phrafes, parce qu'elles
m'ont fait de la peine. Peut - être auróit-il
mieux valu faire apprendre plus ou moins, ou
autre chofe; peut-être y avoit-il de l'inconvénient, &c. Mais fongez que ma fille & moi
ne fommes pas un roman comme Adèle & fa
mère, ni une leçon, ni un exemple à citer.
J'aimois ma fille uniquement; rien, à ce qu'il
me femble, n'a partagé mon attention, ni
balancé dans mon cœur fon intérêt. Suppofé
qu'avec cela j'aie mal fait ou n'en aie pas fait
affez; prenez-vous-en, fi vous avez foi à
l'éducation, prenez-vous-en, remontant d'enfans à pères & mères, à Noé ou Adam qui,
élevant mal leurs enfans, ont tranfmis de père
en enfant une mauvaife éducation à Cécile.
Si vous avez plus de foi à la nature, remontez
plus haut encore, & penfez, quelque fyftême
qu'il vous plaife d'adopter, que je n'ai pu faire

mieux que je n'ai fait. Après la réception de votre lettre, je me fuis affife vis-à-vis de Cécile; je l'ai vue travailler avec adreffe, activité & gaieté. L'efprit rempli de ce que vous m'aviez écrit, les larmes me font venues aux yeux. Elle l'a vu; elle s'eft mife à jouer du claveffin pour m'égayer. Je l'ai envoyée à l'autre extrêmité de la ville; elle eft allée & revenue fans fouffrir, quoiqu'il faffe très-froid. Des vifites ennuyeufes font venues; elle a été douce, obligeante & gaie. Le petit Lord eft venu lui offrir un billet de concert; fon offre lui a fait plaifir, &, fur un regard de moi, elle a refufé de bonne grace. Je vais me coucher tranquille. Je ne croirai point l'avoir mal élevée. Je ne me ferai point de reproches. L'impreffion de votre lettre eft prefque effacée. Si ma fille eft malheureufe, je ferai malheureufe; mais je n'accuferai point le cœur tendre d'une mère dévouée à fon enfant. Je n'accuferai point non plus ma fille; j'accuferai la fociété, le fort; ou bien je n'accuferai point, je ne me plaindrai point, je me foumettrai en filence avec patience & courage. Ne me faites point d'excufes de votre lettre, oublions-la. Je fais bien que vous n'avez pas voulu me faire de la peine:

vous avez cru confulter un livre ou interroger un Auteur. Demain je reprendrai celle-ci avec un efprit plus tranquille.

Votre mari ne veut pas que je me plaigne des étrangers qu'il y a à Laufanne; difant que le nombre des gens à qui ils font du bien eft plus grand que celui des gens à qui ils nuifent. Cela fe peut, & je ne me plains pas. Outre cette raifon généreufe & réfléchie, l'habitude nous rend le concours d'étrangers affez agréable. Cela eft plus riant & plus gai. Il femble auffi que ce foit un hommage que l'Univers rende à notre charmant pays; &, au lieu de lui, qui n'a point d'amour-propre, nous recevons cet hommage avec orgueil. D'ailleurs, qui fait fi en fecret toutes les filles ne voient pas un mari, toutes les mères un gendre dans chaque carroffe qui arrive. Cécile a un nouvel adorateur qui n'eft point venu de Paris ni de Londres. C'eft le fils de notre Baillif, un beau jeune Bernois, couleur de rofe & blanc, & le meilleur enfant du monde. Après nous avoir rencontrées deux ou trois fois, je ne fais où, il nous eft venu voir avec affez d'affiduité, & ne m'a pas laiffé ignorer que c'étoit en cachette, tant il trouve évident que des parens Bernois de-

vroient être fâchés de voir leur fils s'attacher.à
üne Sujette du Pays-de-Vaud. Qu'il vienne feulement, le pauvre garçon, en cachette ou
autrement; il ne fera point de mal à Cécile,
ni de tort à fa réputation ; & M. le Baillif, ni
Madame la Baillive n'auront point de féduction
à nous reprocher. Le voilà qui vient avec le
jeune Lord. Je vous quitte pour les recevoir.
Voilà auſſi le petit Miniſtre mort & le Miniſtre
en vie. J'attends le jeune Faraud & le jeune Négociant, & bien d'autres. Cécile a aujourd'hui
une journée. Il nous viendra de jeunes filles;
mais elles ſont moins empreſſées aujourd'hui
que les jeunes hommes. Cécile m'a priée de
reſter au logis, & de faire les honneurs de
fa journée, tant parce qu'elle eſt plus à fon
aife quand je fuis auprès d'elle, que parce
qu'elle a trouvé l'air trop froid pour me laiſſer
fortir.

SEPTIEME LETTRE.

Vous voudriez dans votre enchantement de Cécile & dans votre fierté pour vos parentes, que je bannisse de chez moi le fils du Baillif. Vous avez tort, vous êtes injuste. La fille la plus riche & la mieux née du Pays-de-Vaud est un mauvais parti pour un Bernois, qui en se mariant bien chez lui se donne plus que de la fortune ; car il se donne de l'appui, de la facilité à entrer dans le gouvernement. Il se met dans la voie de se distinguer, de rendre ses talens utiles à lui-même, à ses parens & à sa patrie. Je loue les pères & mères de sentir tout cela & de garder leurs fils des filets qu'on pourroit leur tendre ici. D'ailleurs une fille de Lausanne auroit beau devenir Baillive, & même Conseillère, elle regretteroit à Berne le lac de Genève & ses bords. C'est comme si on menoit une fille de Paris être Princesse en Allemagne. Mais je voudrois que les Bernoises épousaffent plus souvent des hommes du Pays-de-Vaud ; qu'il s'établit entre Berne & nous plus d'égalité, plus d'honnêteté ; que nous cessassions de nous

plaindre, quelquefois injuſtement, de la morgue
bernoiſe, & que les Bernois ceſſaſſent de donner une ombre de raiſon à nos plaintes. On dit
que les Rois de France ont été obligés, en
bonne politique, de rendre les grands vaſſaux
peu puiſſans, peu propres à donner de l'om-
brage. Ils ont bien fait ſans-doute ; il faut avant
toute choſe aſſurer la tranquillité d'un état :
mais je ſens que j'aurois été incapable de cette
politique que j'approuve. J'aime ſi fort tout ce
qui eſt beau, tout ce qui proſpère, que je ne
pourrois ébrancher un bel arbre quand il n'ap-
partiendroit à perſonne, pour donner plus de
nourriture ou de ſoleil aux arbres que j'aurois
plantés.

Tout va chez moi comme il alloit, en appa-
rence ; mais je crains que le cœur de ma fille
ne ſe bleſſe chaque jour plus profondément.
Le jeune Anglois ne lui parla pas d'amour : je
ne ſais s'il en a, mais toutes ſes atentions ſont
pour elle. Elle reçoit un beau bouquet les jours
de bal. Il l'a menée en traîneau. C'eſt avec elle
qu'il voudroit toujours danſer : c'eſt à elle ou à
moi qu'il offre le bras quand nous ſortons d'une
aſſemblée. Elle ne me dit rien ; mais je la vois
contente ou rêveuſe, ſelon qu'elle le voit ou

ne le voit pas , felon que fes préférences font
plus ou moins marquées. Notre vieux Organifte
eft mort. Elle m'a priée d'employer l'heure de
cette leçon à lui enfeigner l'anglois. J'y ai confenti. Elle le faura bien vîte. Le jeune homme
s'étonne de fes progrès , & ne penfe pas que
c'eft à lui qu'ils font dûs. On commençoit à les
faire jouer enfemble par-tout où ils fe rencon-
troient : je n'ai plus voulu qu'elle jouât. J'ai
dit qu'une fille qui joue auffi mal que la mienne
a tort de jouer, & que je ferois bien fâchée
que de fi-tôt elle apprît à jouer bien. Là-deffus
le jeune Anglois a fait faire le plus petit damier
& les plus petites dames poffibles , & les porte
toujours dans fa poche. Le moyen d'empêcher
ces enfans de jouer ! Quand les dames ennuie-
ront Cécile , il aura, dit-il , de petits échecs.
Il ne voit pas combien il eft peu à craindre
qu'elle s'ennuie. On parle tant des illufions de
l'amour-propre , cependant il eft bien rare ,
quand on eft véritablement aimé, qu'on croie
l'être autant qu'on l'eft. Un enfant ne voit pas
combien il occupe continuellement fa mère.
Un amant ne voit pas que fa maîtreffe ne voit
& n'entend par-tout que lui. Une maîtreffe
ne voit pas qu'elle ne dit pas un mot , qu'elle

ne fait pas un gefte qui ne faffe plaifir ou peine à fon amant. Si on le favoit, combien on s'obferveroit, par pitié, par générofité, par intérêt, pour ne pas perdre le bien ineftimable & incompenfable d'être tendrement aimé !

Le Gouverneur du jeune Lord, ou celui que j'ai appellé fon Gouverneur, eft fon parent d'une branche aînée, mais non-titrée. Voilà ce que le jeune homme m'a dit. Il n'y a entr'eux que peu d'années de différence. Ils font parfaitement bien enfemble.

Vous avez, dites-vous, un ami qui fe moque bien de mes idées fur la nobleffe, & qui prétend n'y rien entendre. J'en fuis furprife. Je les aurois cru triviales plutôt qu'obfcures. Le parent de Milord dit l'autre jour, à je ne fais quel propos, *un Roi n'eft pas toujours un Gentilhomme* ; & j'ai entendu dire à Milord Holderneffe que la nation angloife, dans les défenfes d'importation & les droits exceffifs mis fur les marchandifes étrangères, ne traitoit pas les autres nations comme un Gentilhomme en traiteroit un autre. Si une nation doit agir ou non en Gentilhomme, c'eft une autre affaire. Je n'ai cité ce mot que pour prouver que, chimériques ou non, mes idées exiftent dans d'autres imaginations que dans la mienne.

Mon Dieu, que je fuis occupée de ce qui
fe paffe ici, & embarraffée de la conduite que
je dois tenir ! Le parent de Milord (je l'appelle
Milord par excellence, quoiqu'il y en ait bien
d'autres, parce que je ne veux pas le nommer;
& je ne veux pas le nommer par la même raifon qui fait que je ne me figne pas, & que je
ne nomme perfonne dans mes lettres : les acci-
dens qui peuvent arriver aux lettres me font
toujours peur) le parent de Milord eft trifte.
Je ne fais fi c'eft pour avoir éprouvé des malheurs, ou par une difpofition naturelle. Il de-
meure à deux pas de chez moi : il fe met à y
venir tous les jours ; &, affis au coin du feu,
careffant mon chien, lifant la gazette ou quelque journal, il me laiffe régler mon ménage,
écrire mes lettres, diriger l'ouvrage de Cécile.
Il corrigera, dit-il, fes thêmes quand elle en
pourra faire, & lui fera lire la gazette angloife
pour l'accoutumer au langage vulgaire & fami-
lier. Faut-il le renvoyer ? Ne m'eft-il pas permis, en lui laiffant voir ce que font du matin
au foir la fille & la mère, de l'engager à favo-
rifer un établiffement brillant & agréable pour
ma fille, de l'obliger à dire du bien de nous au
père & à la mère du jeune homme ? Faut-il

que j'écarte ce qui pourroit donner à Cécile
l'homme qui lui plaît? je ne veux pas dire
encore l'homme qu'elle aime. Elle aura bientôt
dix-huit ans. La nature peut-être plus que le
cœur... Dira-t-on de la première femme, vers
laquelle un jeune homme se sentira entraîné,
qu'elle en soit aimée?

Vous voudriez que je fisse apprendre la
chymie à Cécile, parce qu'en France toutes
les jeunes filles l'apprennent. Cette raison ne
me paroît pas concluante ; mais Cécile, qui en
entend parler autour d'elle assez souvent, lira
là-dessus ce qu'elle voudra. Quant à moi, je
n'aime pas la chymie. Je sais que nous devons
aux Chymistes beaucoup de découvertes &
d'inventions utiles, & beaucoup de choses
agréables; mais leurs opérations ne me font
aucun plaisir. Je considère la nature en amant;
ils l'étudient en Anatomistes.

LETTRE HUITIEME.

IL arriva l'autre jour une chofe qui me donna beaucoup d'émotion & d'alarme. Je travaillois, & mon Anglois regardoit le feu fans rien dire, quand Cécile eft revenue d'une vifite qu'elle avoit faite, pâle comme la mort. J'ai été très-effrayée. Je lui ai demandé ce qu'elle avoit, ce qui lui étoit arrivé. L'Anglois, prefqu'auffi effrayé que moi, prefqu'auffi pâle qu'elle, l'a fuppliée de parler. Elle ne nous répondoit pas un mot. Il a voulu fortir, difant que c'étoit lui fans-doute qui l'empêchoit de parler : elle l'a retenu par fon habit, & s'eft mife à pleurer, à fangloter pour miéux dire. Je l'ai embraffée, je l'ai careffée, nous lui avons donné à boire : fes larmes couloient toujours. Notre filence à tous a duré plus d'une demi-heure. Pour la laiffer plus en repos, j'avois repris mon ouvrage, & il s'étoit remis à careffer le chien. Elle nous a dit enfin : il me feroit bien difficile de vous dire ce qui m'a tant affectée, & mon chagrin me fait plus de peine que la chofe même qui le caufe. Je ne fais pourquoi je m'afflige, & je

fuis fâchée fur-tout de m'affliger. Qu'eft-ce
que cela veut dire, maman? M'entendriez-
vous quand je ne m'entends pas moi-même?
Je fuis pourtant affez tranquille dans ce moment pour vous dire ce que c'eft. Je le dirai
devant Monfieur. Il s'eft donné trop de peine
pour moi; il m'a montré trop de pitié pour que
je puiffe lui montrer de la défiance. Moquez-
vous tous deux de moi fi vous le voulez : je me
moquerai peut-être de moi avec vous; mais
promettez-moi, Monfieur, de ne dire ce que
je dirai à perfonne. Je vous le promets Mademoifelle, a-t-il dit— Répétez *à perfonne* —
A perfonne— Et vous, vous maman, je vous
prie de ne m'en parler à moi-même que quand
j'en parlerai la première. J'ai vu Milord dans
la boutique vis-à-vis d'ici. Il parloit à la femme-
de-chambre de Madame de ***. Elle n'en a
pas dit davantage. Nous ne lui avons rien répondu. Un inftant après Milord eft entré. Il
lui a demandé fi elle vouloit faire un tour en
traîneau. Elle lui a dit, non pas aujourd'hui,
mais demain, s'il y a encore de la neige. Alors,
s'étant approché d'elle, il a remarqué qu'elle
étoit pâle & qu'elle avoit les yeux gros. Il
a demandé timidement ce qu'elle avoit. Son

parent

parent lui a répondu d'un ton ferme , qu'on ne pouvoit pas le lui dire. Il n'a pas infifté. Il eft refté rêveur ; &, un quart d'heure après quelques femmes étant entrées , ils s'en font allés tous deux. Cécile s'eft affez bien remife. Nous n'a-vons reparlé de rien. Seulement en fe couchant elle me dit : Maman , en vérité je ne fais pas fi je fouhaite que la neige fe fonde, ou qu'elle refte. Je ne lui répondis pas. La neige fe fon-dit ; mais on s'eft revu depuis comme aupara-vant. Cécile m'a paru cependant un peu plus férieufe & réfervée. La femme-de-chambre eft jolie , & fa maîtreffe auffi. Je ne fais laquelle des deux l'a inquiétée ; mais , depuis ce moment-là , je crains que tout ceci ne devienne bien férieux. Je n'ai pas le tems d'en dire davantage aujourd'hui ; mais je vous écri-rai bientôt. Votre homme m'a donc enfin en-tendue , puifqu'il a dit : *Si un Roi peut n'être pas un Gentilhomme, un manan pourra donc en être un.* Soit ; mais je fuppofe , en faveur des nobles de naiffance , que la nobleffe de fentiment fe trouvera plus fouvent parmi eux qu'ailleurs. Il veut que , dans mon royaume, le Roi ennobliffe les Héros ; un De Ruiter , un Tromp , un Fabert : à la bonne heure.

D

NEUVIEME LETTRE.

CE latin vous tient bien au cœur, & vous vous en fouvenez long‑tems. Savez‑vous le latin ? dites-vous. Non ; mais mon père m'a dit cent fois qu'il étoit fâché de ne me l'avoir pas fait apprendre. Il parloit très-bien françois. Lui & mon grand-père ne m'ont pas laiſſé parler mal, & voilà ce qui me rend plus difficile qu'une autre. Pour ma fille, on voit, quand elle écrit, qu'elle fait ſa langue ; mais elle parle très - incorrectement. Je la laiſſe dire. J'aime ſes négligences, ou parce qu'elles ſont d'elle, ou parce qu'en effet elles ſont agréables. Elle eſt plus ſévère : ſi elle me voit faire une faute d'orthographe, elle me reprend. Son ſtyle eſt beaucoup plus correct que le mien ; auſſi n'écrit-elle que le moins qu'elle peut : c'eſt trop de peine. Tant mieux. On ne fera pas aiſément ſortir un billet de ſes mains. Vous demandez ſi ce latin ne la rend pas orgueilleuſe. Mon Dieu non. Ce que l'on apprend jeune ne nous paroît pas plus étrange, ni plus beau à ſavoir, que reſpirer & marcher.

Vous demandez comment il fe fait que je fache l'anglois. Ne vous fouvient-il pas que nous avions, vous & moi, une tante qui s'étoit retirée en Angleterre pour caufe de religion ? Sa fille, ma tante à la mode de Bretagne, a paffé trois ans chez mon père dans ma jeuneffe, peu après mon voyage en Languedoc. C'étoit une per‑fonne d'efprit & de mérite. Je lui dois prefque tout ce que je fais, & l'habitude de penfer & de lire. La femaine dernière nous étions dans une affemblée où M. Tiffot amena une Fran‑çoife d'une figure charmante, les plus beaux yeux qu'on puiffe voir, toute la grace que peut donner la hardieffe jointe à l'ufage du monde. Elle étoit vêtue dans l'excès de la mode, fans être pour cela ridicule. Un immenfe cadogan defcendoit plus bas que fes épaules, & de groffes boucles flottoient fur fa gorge. Le petit Anglois & le Bernois étoient fans ceffe autour d'elle, plutôt encore dans l'étonnement que dans l'admiration ; du moins l'Anglois, que j'obfervois beaucoup. Tant de gens s'empreffèrent autour de Cécile, que, fi elle fut affectée de cette défertion, elle n'eut pas le tems de le laiffer voir. Seulement, quand Milord voulut faire fa partie de dames, elle lui dit, qu'ayant un peu mal à la tête, elle aimoit mieux ne pas jouer. Tout le foir, elle refta affife auprès de moi, & fit des découpures pour l'enfant de la maifon. Je ne fais fi le petit Lord fentit ce qui fe paffoit en elle ; mais, ne fâchant que dire à fa Parifienne, il s'en alla. Comme nous fortions de la falle, il fe trouva à la porte parmi les domeftiques. Je ne fais fi Cécile aura un moment auffi agréable dans tout le refte de fa vie. Deux jours après il paffoit la foirée chez moi avec fon parent, le Bernois & deux ou trois jeunes parentes. On fe mit à parler de la Dame Françoife. Les deux jeunes gens louè- rent fans miféricorde fes yeux, fa taille, fa démarche, fon habillement. Cécile ne difoit rien ; je difois peu de chofe. Enfin, ils louè- rent fa forêt de cheveux. Ils font faux, dit Cécile. Ha, ha, Mademoifelle Cécile, dit le Bernois, les jeunes Dames font toujours jalou- fes les unes des autres ! Avouez la dette ! N'eft- il pas vrai que c'eft par envie ? Il me fembloit que Milord fourioit. Je me fâchai tout de bon. Ma fille ne fait ce que c'eft que l'envie, leur dis- je. Elle loua hier, comme vous, les cheveux de l'étrangère chez une femme de ma connoiffance que l'on étoit occupé à coëffer. Son coëffeur,

qui fortoit de chez la Dame Parifienne, nous
dit que ce gros cadogan & ces groffes boucles
étoient fauffes. Si ma fille avoit quelques années
de plus, elle fe feroit tue ; à fon âge, & quand
on a fur fa tête une véritable forêt, il eft affez
naturel de parler. Ne nous foutîntes-vous pas
hier avec vivacité, continuai-je en m'adreffant au
Bernois, que vous aviez le plus grand chien du
pays ? & vous, Milord, nous avez-vous permis
de douter que votre cheval ne fût plus beau
que celui de Monfieur un tel & de Milord un
tel ? Cécile, embarraffée, fourioit & pleuroit
en même tems. Vous êtes bien bonne, maman,
a-t-elle dit, de prendre fi vivement mon parti.
Mais dans le fonds j'ai eû tort ; il eût mieux
valu me taire. J'étois encore de mauvaife humeur. Monfieur, ai-je dit au Bernois, toutes
les fois qu'une femme paroîtra jaloufe des
louanges que vous donnerez à une autre ; loin
de le lui reprocher, remerciez-la dans votre
cœur, & foyez bien flatté. Je ne fais, a dit le
parent de Milord, s'il y auroit lieu de l'être.
Les femmes veulent plaire aux hommes, les
hommes aux femmes. La nature l'a ainfi or-
donné. Qu'on veuille profiter des dons qu'on
en a reçus, & n'en pas laiffer jouïr à fes dé-

pens un ufurpateur, me paroît encore fi naturel, que je ne vois pas comment on peut le
trouver mauvais. Si on louoit un autre auprès
de ces Dames d'une chofe que j'aurois faite,
affûrément je dirois, c'eft moi. Et puis, il y
a un certain efprit de vérité qui, dans le premier inftant, ne confulte ni les inconvéniens,
ni les avantages. Suppofé que Mademoifelle
eût de faux cheveux, & qu'on les eût admirés;
je fuis sûr qu'elle auroit auffi dit, ils font faux.
Sans doute, Monfieur, a dit Cécile en rou-
giffant; mais je vois bien pourtant qu'il ne fied
pas de le dire de ceux d'une autre. Dans le
moment, le hafard nous a amené une jeune
femme, fon mari & fon frère. Cécile s'eft
mife à fon claveffin; elle leur a joué des alle-
mandes & des contre-danfes, & on a danfé.
Bon foir ma mère & ma protectrice, m'a dit
Cécile en fe couchant; bon foir mon Don
Quichotte. J'ai ri. Cécile fe forme, & devient
tous les jours plus aimable. Puiffe-t-elle n'acheter pas fes agrémens trop chers !

DIXIEME LETTRE.

JE crains bien que Cécile n'ait fait une nouvelle conquête ; & si cela est, je me consolerai,
je pense, de sa prédilection pour son Lord. Si
ce n'est même qu'une prédilection , elle pourroit
bien n'être pas une sauve-garde suffisante.
L'homme en question est très-aimable. C'est
un Gentilhomme de ce pays , Capitaine au
service de France , qui vient de se marier , ou
plutôt de se laisser marier le plus mal du monde.
Il n'avoit point de fortune. Une parente éloi-
gnée du même nom , héritière d'une belle terre
qui est depuis long-tems dans cette famille , a
dit qu'elle l'épouseroit plus volontiers qu'un
autre. Ses parens ont trouvé cela admirable ,
& cru la fille charmante , parce qu'elle est vive ,
hardie , qu'elle parle beaucoup & vîte , &
qu'elle passoit pour une petite espiègle. Il étoit
à sa garnison. On lui a écrit. Il a répondu , qu'il
avoit compté ne se pas marier , mais qu'il
feroit ce qu'on voudroit ; & on a si bien ar-
rangé les choses , qu'arrivé ici le premier Octo-
bre, il s'est trouvé marié le 20. Je crois que le

30 il auroit déjà voulu ne le plus être. La femme eſt coquette, jalouſe, aitière. Ce qu'elle a d'eſprit n'eſt qu'une ſottiſe vive & à prétention. J'étois allée ſans ma fille les féliciter il y a deux mois. Ils ſont en ville depuis quinze jours. Madame voudroit être de tout, briller, plaire, jouer un rôle. Elle ſe trouve aſſez riche, aſſez aimable & aſſez jolie pour cela. Le mari, honteux & ennuyé, fuit ſa maiſon; &; comme nous ſommes un peu parens, c'eſt dans la mienne qu'il a cherché un refuge. La première fois qu'il y vint, il fut frappé de Cécile qu'il n'avoit vue qu'enfant, & me trouvant preſque toujours ſeule avec elle, ou n'ayant que l'Anglois avec nous, il s'eſt accoutumé à venir tous les jours. Ces deux hommes ſe conviennent & ſe plaiſent. Tous deux ſont inſtruits, tous deux ont de la délicateſſe dans l'eſprit, du diſcernement & du goût, de la politeſſe & de la douceur. Mon parent eſt indolent, pareſſeux: il n'eſt plus ſi triſte d'être marié, parce qu'il oublie qu'il le ſoit. L'autre eſt doucement triſte & rêveur. Dès le premier jour ils ont été enſemble comme s'ils s'étoient toujours vus; mais mon parent me ſemble chaque jour plus occupé de Cécile. Hier pendant

qu'ils parloient de l'Amérique , de la guerre ,
Cécile me dit tout bas : Maman , l'un de ces
hommes eft amoureux de vous ; & l'autre de
vous , lui ai-je répondu. Là-deffus elle s'eft
mife à le confidérer en fouriant. Il eft d'une
figure fi noble & fi élégante , que fans le petit
Lord je ferois bien fâchée d'avoir dit vrai. Je
devrois ne pas laiffer d'en être fâchée à préfent ; mais on ne fauroit prendre vivement à
cœur tant de chofes. Mon parent & fa femme
s'en tireront comme ils pourront. Il n'a pas
remarqué le jeune Lord qui n'eft pas établi ici
comme fon parent, tant s'en faut ; mais qui au
retour de fon collège & de fes leçons , quand
il ne le trouve pas chez lui, vient le chercher
chez moi. C'eft ce qu'il fit avant-hier ; & fachant
que nous devions aller le foir chez cette parente
chez qui il étoit en penfion , il me fupplia de l'y
mener , difant qu'il ne pouvoit fouffrir , après les
bontés qu'on avoit eues pour lui dans cette maifon , l'air à demi-brouillé qu'il y avoit entr'eux.
Je dis que je le voulois bien. Les deux piliers
de ma cheminée vinrent auffi avec nous. Ma
coufine la Profeffeufe , perfuadée que dans les
jeux d'efprit fon fils brilloit toujours par-deffus
tout le monde , a voulu qu'on remplît des bouts

rimés, qu'on fît des difcours fur huit mots, que chacun écrivît une queftion fur une carte. On mêle les cartes, chacun en tire une au hafard, & écrit une réponfe fous la queftion. On remêle, on écrit jufqu'à ce que les cartes foient remplies. Ce fut moi qu'on chargea de lire. Il y avoit des chofes fort plates, & d'autres fort jolies. Il faut vous dire qu'on barbouille & griffonne de manière à rendre l'écriture méconnoiffable. Sur une des cartes on avoit écrit : *A qui doit-on fa première éducation?* *A fa nourrice,* étoit la réponfe. Sous la réponfe on avoit écrit : *& la feconde?* Réponfe. *Au hafard. Et la troifième? A l'amour.* C'eft vous qui avez écrit cela, me dit quelqu'un de la compagnie. Je confens, dis-je, qu'on le croie, car cela eft joli. Celle qui l'a écrit, dit en regardant Cécile fon nouvel adorateur., doit déjà beaucoup à fa troifième éducation. Cécile rougit comme jamais elle n'avoit rougi. Je voudrois favoir qui c'eft, dit le petit Lord. Ne feroit-ce point vous-même? lui dis-je. Pourquoi veut-on que ce foit une femme? Les hommes n'ont-ils pas befoin de cette éducation tout comme nous? C'eft peut-être mon coufin le Miniftre. Dis donc Jeannot, dit fa mère : je le croirois

aſſez puiſque cela eſt ſi joli. Oh non, dit Jeannot, j'ai fini mon éducation à Baſle. Cela fit
rire, & le jeu en reſta-là. En rentrant chez moi
Cécile me dit : ce n'eſt pas moi, maman, qui
ai écrit la réponſe. Et pourquoi donc tant rougir? lui dis-je. Parce que je penſois — parce
que, maman, parce que.... Je n'en appris,
ou du moins elle ne m'en dit pas davantage.

ONZIEME LETTRE.

Vous voulez favoir fi Cécile a deviné jufte fur le compte de mon ami l'Anglois. Je ne le fais pas, je n'y pênfe pas, je n'ai pas le tems d'y prendre garde.

Nous fûmes hier dans une grande affemblée au château. Un neveu du Baillif, arrivé la veille, fut préfenté par lui aux femmes qu'on vouloit diftinguer. Je n'ai jamais vu une plus belle figure. Il fert dans le même régiment que mon parent. Ils font amis ; & le voyant caufer avec Cécile & moi, il fe joignit à la converfation. En vérité j'en fus èxtrêmement contente. On ne fauroit être plus poli, parler mieux, avoir un meilleur accent ni un meilleur air, ni des manières plus nobles. Cette fois le petit Lord pouvoit être en peine à fon tour. Il ne paroiffoit plus qu'un joli enfant fans conféquence. Je ne fais s'il fut en peine, mais il fe tenoit bien près de nous. Dès qu'il fut queftion de fe mettre au jeu, il me demanda s'il feroit convenable de jouer aux dames chez M. le Baillif comme ailleurs ; & me fupplia, fuppofé que je ne le trou-

vaſſe pas bon, de faire en ſorte qu'il pût jouer
au reverſis avec Cécile. Il prétendit ne connoître qu'elle parmi tout ce monde, & qu'il jouoit
ſi mal qu'il ne feroit qu'ennuyer mortellement
les femmes avec qui on le mettroit. A meſure
que les deux hommes les plus remarquables de
l'aſſemblée paroiſſoient plus occupés de ma
fille, il paroiſſoit plus ravi de ſa liaiſon avec
elle. Il faiſoit réellement plus de cas d'elle. Il
me ſembla qu'elle s'en appercevoit ; mais au
lieu de ſe moquer de lui, comme il l'auroit
mérité, elle m'en parut bien aiſe. Heureuſe de
faire une impreſſion favorable ſur ſon amant,
elle en aimoit la cauſe quelle qu'elle fût. Adieu.
Ma fille m'attend pour ſortir. Je ſuis fâchée que
ma lettre ſoit ſi courte.

DOUZIEME LETTRE.

SI vous ne me preſſiez pas avec tant de bonté
& d'inſtance de continuer mes lettres, j'héſite-
rois beaucoup aujourd'hui. Juſqu'ici j'avois du
plaiſir, & je me repoſois en les écrivant. Aujourd'hui je crains que ce ne ſoit le contraire.
D'ailleurs, pour faire une narration bien exacte
il faudroit une lettre que je ne pourrois écrire
de tête.... Ah! la voilà dans un coin de mon
ſecretaire. Cécile, qui eſt ſortie, aura eu peur
ſans-doute qu'elle ne tombât de ſes poches. Je
pourrai la copier, car je n'oſerois vous l'envoyer. Peut-être voudra-t-elle un jour la relire.
Cette fois-ci vous pourrez me remercier. Je
m'impoſe une aſſez pénible tâche.

Depuis le moment de jalouſie que je vous
ai raconté, ſoit qu'elle eût de l'humeur quelquefois, & qu'elle eût conſervé des ſoupçons,
ſoit qu'ayant vu plus clair dans ſon cœur elle
ſe fût condamnée à plus de réſerve, Cécile ne
vouloit plus jouer aux dames en compagnie.
Elle travailloit ou me regardoit jouer. Mais
chez moi, une fois ou deux, on y avoit joué,

& le jeune homme s'étoit mis à lui apprendre la marche des échecs l'autre foir après fouper pendant que fon parent & le mien, j'entends l'Officier de ***, jouoient enfemble au piquet. Affife entre les deux tables, je travaillois & regardois jouer, tantôt les deux hommes, tantôt ces deux enfans, qui ce foir-là avoient l'air d'enfans beaucoup plus qu'à l'ordinaire; car ma fille fe méprenant fans-ceffe fur le nom & la marche des échecs, cela donnoit lieu à des plaifanteries auffi gaies que peu fpirituelles. Une fois le petit Lord s'impatienta de fon inattention, & Cécile fe fâcha de fon impatience. Je tournai la tête. Je vis qu'ils boudoient l'un & l'autre. Je hauffai les épaules. Un inftant après, ne les entendant pas parler, je les regarde. La main de Cécile étoit immobile fur l'échiquier. Sa tête étoit penchée en avant & baiffée. Le jeune homme, auffi baiffé vers elle, fembloit la dévorer des yeux. C'étoit l'oubli de tout, l'extafe, l'abandon. Cécile, lui dis-je doucement, car je ne voulois pourtant pas l'effrayer, Cécile, à quoi penfez-vous? A rien, dit-elle en cachant fon vifage avec fes mains, & reculant brufquement fa chaife. Je crois que ces miférables échecs me fatiguent. Depuis quelques mo-

mens, Milord, je les diftingue encore moins
qu'auparavant, & vous auriez toujours plus
de fujet de vous plaindre de votre écolière ;
ainfi quittons-les. Elle fe leva en effet, fortit,
& ne rentra que quand je fus feule. Elle
fe mit à genoux, appuya fa tête fur moi, &
prenant mes deux mains, elle les mouilla de
larmes. Qu'eft - ce, ma Cécile, lui dis - je,
qu'eft-ce ? C'eft moi qui vous le demande, maman, me dit-elle. Qu'eft-ce qui fe paffe en
moi ? Qu'eft-ce que j'ai éprouvé ? De quoi fuis-je
honteufe ? De quoi eft-ce que je pleure ? S'eft-
il apperçu de votre trouble ? lui dis-je. Je ne
le crois pas, maman, me répondit-elle. Fâché
peut-être de fon impatience, il a ferré & baifé
la main avec laquelle je voulois relever un pion
tombé. J'ai retiré ma main ; mais je me fuis
fentie fi contente de ce que notre bouderie ne
duroit plus ! fes yeux m'ont paru fi tendres,
j'ai été fi émue ! Dans ce même moment vous
avez dit doucement, Cécile, Cécile ! Il aura
peut-être cru que je boudois encore, car je ne
le regardois pas. Je le fouhaite, lui dis-je.
Je le fouhaite auffi, dit-elle. Mais, maman,
pourquoi le fouhaitez-vous ? Ignorez-vous, ma
chère Cécile, lui dis-je, combien les hommes

font enclins à mal penſer & à mal parler des femmes? Mais, dit Cécile, s'il y a ici de quoi penſer & dire du mal, il ne pourroit m'accuſer ſans s'accuſer encore plus lui-même. N'a-t-il pas baiſé ma main, & n'a-t-il pas été auſſi troublé que moi? — Peut-être, Cécile; mais il ne ſe ſouviendra pas de ſon impreſſion comme de la vôtre. Il verra dans la vôtre une eſpèce de ſenſibilité ou de foibleſſe qui peut vous entraîner fort loin, & faire votre ſort. La ſienne ne lui eſt pas nouvelle ſans-doute, & n'eſt pas d'une ſi grande conféquence pour lui. Rempli encore de votre image, s'il a rencontré dans la rue une fille facile —— Ah maman! — Oui, Cécile, il ne faut pas vous faire illuſion: un homme cherche à inſpirer, pour lui ſeul, à chaque femme un ſentiment qu'il n'a le plus ſouvent que pour l'eſpèce. Trouvant par-tout à ſatisfaire ſon penchant, ce qui eſt trop ſouvent la grande affaire de notre vie, n'eſt preſque rien pour lui. —— La grande affaire de notre vie! Quoi, il arrive à des femmes de s'occuper beaucoup d'un homme qui s'occupe peu d'elles! —— Oui, cela arrive. Il arrive auſſi à quelques femmes de s'occuper malgré elles des hommes en général, ſoit qu'elles

E

s'abandonnent à leur penchant, foit qu'elles
lui réfiftent : c'eft auffi la grande, la feule
affaire de ces malheureufes femmes-là. Cécile,
dans vos leçons de religion on vous a dit qu'il
falloit être chafte & pure. Aviez-vous attaché
quelque fens à ces mots ? — Non, maman. —
Eh bien ! le moment eft venu de pratiquer une
vertu, de vous abftenir d'un vice dont vous ne
pouviez avoir aucune idée. Si cette vertu vient
à vous paroître difficile, penfez auffi que c'eft
la feule que vous ayez à vous prefcrire rigoureufement, à pratiquer avec vigilance, avec
une attention fcrupuleufe fur vous-même. ————
La feule ! ——— Examinez-vous, & lifez le
Décalogue. Aurez-vous befoin de veiller fur
vous pour ne pas tuer, pour ne pas dérober,
pour ne pas calomnier ? Vous ne vous êtes fûrement jamais fouvenue que tout cela vous fut
défendu. Vous n'aurez pas befoin de vous en
fouvenir ; & fi vous avez jamais du penchant
à convoiter quelque chofe, ce fera auffi l'amant
ou le mari d'une autre femme, ou bien les
avantages qui peuvent donner à une autre le
mari ou l'amant que vous défireriez pour vous.
Ce qu'on appelle *vertu* chez les femmes fera
prefque la feule que vous puiffiez ne pas avoir,

la feule que vous pratiquiez en tant que vertu, & la feule dont vous puiffiez dire en la pratiquànt, j'obéis aux préceptes qu'on m'a dit être les loix de Dieu, & que j'ai reçues comme telles. — Mais, maman, les hommes n'ont-ils pas reçu les mêmes loix; pourquoi fe permettent-ils d'y manquer, & de nous en rendre l'obfervation difficile? —— Je ne faurois trop, Cécile, que vous répondre; mais cela ne nous regarde pas. Je n'ai point de fils. Je ne fais ce que je dirois à mon fils. Je n'ai penfé qu'à la fille que j'ai, & que j'aime par-deffus toute chofe. Ce que je puis vous dire, c'eft que la fociété, qui difpenfe les hommes & ne difpenfe pas les femmes d'une loi que la religion paroît avoir donnée également à tous, impofe aux hommes d'autres loix qui ne font peut-être pas d'une obfervation plus facile. Elle exige d'eux, dans le défordre même, de la retenue, de la délicateffe, de la difcrétion, du courage; & s'ils oublient les loix, ils font déshonorés, on les fuit, on craint leur approche, ils trouvent par-tout un accueil qui leur dit: *On vous avoit donné affez de privilèges, vous ne vous en êtes pas contentés; la fociété effraiera, par votre exemple, ceux qui feroient tentés de vous imiter,*

& qui, en vous imitant, troubleroient tout,
renverferoient tout, ôteroient du monde toute
fécurité, toute confiance. Et ces hommes, pu-
nis plus rigoureufement que ne le font jamais
les femmes, n'ont été coupables bien fouvent
que d'imprudence, de foibleffe ou d'un moment de frénéfie ; car les vicieux déterminés,
les véritables méchans font auffi rares que les
hommes parfaits & les femmes parfaites. On
ne voit guère tout cela que dans des fictions
mal imaginées. Je ne trouve pas, je le répète,
que la condition des hommes foit, même à
cet égard, fi extrêmement différente de celle
des femmes. Et puis, que d'autres obligations
pénibles la fociété ne leur impofe-t-elle pas!
Croyez-vous, par exemple, que, fi la guerre
fe déclare, il foit bien agréable à votre coufin
de nous quitter au mois de Mars pour aller s'ex-
pofer à être tué ou eftropié, à prendre, couché fur la terre humide & vivant parmi des
prifonniers malades, les germes d'une maladie
dont il ne guérira peut-être jamais ? ——— Mais,
maman, c'eft fon devoir, c'eft fa profeffion ;
il fe l'eft choifie. Il eft payé pour tout ce que
vous venez de dire ; &, s'il fe diftingue, il ac-
quiert de l'honneur, de la gloire même. Il fera

avancé. On l'honorera par-tout où il ira : en
Hollande, en France, en Suiffe & chez les
ennemis même qu'il aura combattus. —— Eh
bien! Cécile, c'eft le devoir, c'eft la profeffion de toute femme que d'être fage. Elle ne fe
l'eft pas choifie, mais la plupart des hommes
n'ont pas choifi la leur. Leurs parens, les circonftances ont fait ce choix pour eux avant
qu'ils fuffent en âge de connoître & de choifir.
Une femme eft auffi payée de cela feul qu'elle
eft femme. Ne nous difpenfe-t-on pas prefque
par-tout des travaux pénibles ? N'eft-ce pas
nous que les hommes garantiffent du chaud,
du froid, de la fatigue ? En eft-il d'affez peu
honnêtes pour ne vous pas céder le meilleur
pavé, le fentier le moins raboteux, la place la
plus commode ? Si une femme ne laiffe porter
aucune atteinte à fes mœurs ni à fa réputation,
il faudroit qu'elle fût à d'autres égards bien
odieufe, bien défagréable, pour ne pas trouver
par - tout des égards ; & puis n'eft-ce rien,
après s'être attaché un honnête homme, de le
fixer, de pouvoir être choifie par lui & par fes
parens pour être fa compagne ? Les filles peu
fages plaifent encore plus que les autres ; mais
il eft rare que le défir aille jufqu'à les époufer :

encore plus rare , qu'après les avoir époufées un repentir humiliant ne les punisse pas d'avoir été trop féduisantes. Ma chère Cécile , un moment de cette fensibilité , à laquelle je voudrois que vous ne cédassiez plus , a souvent fait manquer à des filles aimables , & qui n'étoient pas vicieuses , un établissement avantageux , la main de l'homme qu'elles aimoient , & qui les aimoit. —— Quoi ! cette fensibilité qu'ils inspirent , qu'ils cherchent à inspirer , les éloigne ! —— Elle les effraie. Cécile , jufqu'au moment où il sera question du mariage , on voudra que sa maîtresse soit fensible , on se plaindra si elle ne l'est pas assez. Mais , quand il est question de l'époufer , fuppofé que la tête n'ait pas tourné entiérement , on juge déjà comme si on étoit mari , & un mari est une chofe si différente d'un amant , que l'un ne juge de rien comme en avoit jugé l'autre. On se rappelle les refus avec plaifir ; on se rappelle les faveurs avec inquiétude. La confiance qu'a témoignée une fille trop tendre , ne paroît plus qu'une imprudence qu'elle peut avoir vis-à-vis de tous ceux qui l'y inviteront. L'impression trop vive qu'elle aura reçue des marques d'amour de son amant ne paroît plus qu'une difposition à aimer tous les hommes. Jugez du

déplaifir, de la jaloufie, du chagrin de fon
mari; car le défir d'une propriété exclufive eft
le fentiment le plus vif qui lui refte. Il fe confo-
leroit d'être peu aimé, pourvu que perfonne
ne puiffe l'être. Il eft jaloux encore lorfqu'il
n'aime plus, &, Cécile, fon inquiétude n'eft
pas auffi abfurde, auffi injufte que vous pour-
riez à-préfent vous l'imaginer. Je trouve fouvent les hommes odieux dans ce qu'ils exigent,
& dans leur manière d'exiger des femmes; mais
je ne trouve pas qu'ils fe trompent fi fort de
craindre ce qu'ils craignent. Une fille impru-
dente eft rarement une femme prudente & fage.
Celle qui n'a pas réfifté à fon amant avant le
mariage lui eft rarement fidelle après. Souvent
elle ne voit plus fon amant dans fon mari. L'un
eft auffi négligent que l'autre étoit empreffé.
L'un trouvoit tout bien, l'autre trouve prefque
tout mal. A peine fe croit-elle obligée de tenir
au fecond ce qu'elle avoit juré au premier. Son
imagination auffi lui promettoit des plaifirs
qu'elle n'a pas trouvés, ou qu'elle ne trouve
plus. Elle efpère les trouver ailleurs que dans le
mariage; & fi elle n'a pas réfifté à fes pen-
chans étant fille, elle ne leur réfiftera pas étant
femme. L'habitude de la foibleffe fera prife,

le devoir & la pudeur font déjà accoutumés à
céder. Ce que je dis eft fi vrai, qu'on admire
autant dans le monde la fageffe d'une belle
femme courtifée par beaucoup d'hommes,
que la retenue d'une fille qui eft dans le même
cas. On reconnoît que la tentation eft à-peu-
près la même & la réfiftance auffi difficile.
J'ai vu des femmes fe marier avec la plus violente paffion, & avoir un amant deux ans après
leur mariage ; enfuite un autre, & puis encore
un autre, jufqu'à-ce que méprifées, avilies....
Ah maman! s'écria Cécile en fe levant, ai-je
mérité tout cela? Vous voulez dire, ai-je befoin de tout cela, lui dis-je en l'affeyant fur
mes genoux & en effuyant avec mon vifage
les larmes qui couloient fur le fien. Non, Cécile, je ne crois pas que vous euffiez befoin
d'un auffi effrayant tableau, & quand vous en
auriez befoin, en feriez-vous plus coupable,
en feriez-vous moins eftimable, moins aimable, m'en feriez-vous moins chère ou moins
précieufe? Mais allez-vous coucher, ma
fille; allez; fongez que je ne vous ai blâmée
de rien, & qu'il falloit bien vous avertir. Cette
feule fois je vous aurai avertie. Allez, & elle
s'en alla. Je m'approchai de mon bureau, &

j'écrivis. « Ma Cécile, ma chère fille, je vous
» l'ai promis ; cette seule fois vous aurez été
» tourmentée par la sollicitude d'une mère qui
» vous aime plus que sa vie : ensuite, sachant
» sur ce sujet tout ce que je sais, tout ce que
» j'ai jamais pensé, ma fille jugera pour elle-
» même. Je pourrai la faire souvenir, quelque-
» fois par un mot, de ce que je lui aurai dit
» aujourd'hui; mais je ne le lui répéterai jamais.
» Permettez donc que j'achève, Cécile, &
» soyez attentive jusqu'au bout. Je ne vous
» dirai pas ce que je dirois à tant d'autres ; que,
» si vous manquez de sagesse, vous renoncerez
» à toutes les vertus ; que, jalouse, dissimu-
» lée, coquette, inconstante, n'aimant bientôt
» que vous, vous ne serez plus ni fille, ni
» amie, ni amante. Je vous dirai au contraire
» que les qualités précieuses qui sont en vous,
» & que vous ne sauriez perdre, rendront la
» perte de celle-ci plus fâcheuse, en augmen-
» teront le malheur & les inconvéniens. Il est
» des femmes dont les défauts réparent en
» quelque sorte & couvrent les vices. Elles
» conservent dans le désordre un extérieur
» décent & imposant. Leur hypocrisie les sauve
» d'un mépris qui auroit réjailli sur leurs alen-

» tours. Impérieuſes & fières, elles mettent
» ſur les autres un joug qu'elles ont ſecoué.
» Elles établiſſent & maintiennent la règle ;
» elles font trembler celles qui les imitent. A
» les entendre juger & médire, on ne peut ſe
» perſuader qu'elles ne ſoient pas des Lucrèces.
» Leurs maris, pour peu que le haſard les ait
» ſervies, les croient des Lucrèces ; & leurs
» enfans, loin de rougir d'elles, les citent
» comme des exemples d'auſtérité. Mais vous,
» qu'oſeriez-vous dire à vos enfans ? Comment
» oſeriez-vous réprimer vos domeſtiques ? Qui
» oſeriez-vous blâmer ? Héſitant, vous inter-
» rompant, rougiſſant à chaque mot, votre
» indulgence pour les fautes d'autrui décéleroit
» les vôtres. Sincère, humble, équitable, vous
» n'en déshonoreriez que plus ſûrement ceux
» dont l'honneur dépendroit de votre vertu.
» Le déſordre s'établiroit autour de vous. Si
» votre mari avoit une maîtreſſe, vous vous
» trouveriez heureuſe de partager avec elle
» une maiſon ſur laquelle vous ne vous croiriez
» plus de droits, & peut-être laiſſeriez-vous
» partager à ſes enfans le patrimoine des vôtres.
» Soyez ſage, ma Cécile, pour que vous puiſ-
» ſiez jouïr de vos aimables qualités. Soyez

» fage ; vous vous expoferiez, en ne l'étant
» pas, à devenir trop malheureufe. Je ne vous
» dis pas tout ce que je pourrois dire. Je ne
» vous peins pas le regret d'avoir trop aimé ce
» qui méritoit peu d'être aimé, le défefpoir
» de rougir de fon amant encore plus que de
» fes foibleffes, de s'étonner en le voyant de
» fang-froid qu'on ait pu devenir coupable
» pour lui. Mais j'en ai dit affez. J'ai fini,
» Cécile. Profitez, s'il eft poffible, de mes
» confeils ; mais, fi vous ne les fuivez pas, ne
» vous cachez jamais d'une mère qui vous ado-
» re. Que craindriez-vous? Des reproches? —
» Je ne vous en ferai point ; ils m'affligeroient
» plus que vous. — La perte de mon attache-
» ment ? — Je ne vous en aimerois peut-être
» que plus, quand vous feriez à plaindre, &
» que vous courriez rifque d'être abandonnée
» de tout le monde. — De me faire mourir de
» chagrin ? — Non, je vivrois, je tâcherois de
» vivre, de prolonger ma vie pour adoucir les
» malheurs de la vôtre, & pour vous obliger
» à vous eftimer vous-même malgré des foi-
» bleffes qui vous laifferoient mille vertus &
» à mes yeux mille charmes ».

Cécile en s'éveillant lut ce que j'avois écrit.

Je fis venir des ouvrières dont nous avions befoin. Je tâchai d'occuper & de diftraire Cécile
& moi, & j'y réuffis. Mais après le dîner,
comme nous travaillions enfemble & avec les
ouvrières, elle interrompit le filence général.
Un mot, maman. Si les maris font comme
vous les avez peints, fi le mariage fert à fi peu
de chofe, feroit-ce une grande perte ———
Oui, Cécile : vous voyez combien il eft doux
d'être mère. D'ailleurs il y a des exceptions,
& chaque fille croyant que fon amant & elle
auroient été une exception, elle regrettera de
n'avoir pu l'époufer comme fi c'étoit un grand
malheur, quand même ce n'en feroit pas un.
Un mot, ma fille, à mon tour. Il y a une heure
que je penfe à ce que je vais vous dire. Vous
avez entendu louer, & peut-être avoit-on tort
de les louer en votre préfence, des femmes
connues par leurs mauvaifes mœurs; mais c'é-
toit des femmes qui n'auroient pu faire ce qu'on
admire en elles fi elles avoient été fages. La
Le Couvreur n'auroit pu envoyer au Maréchal
de Saxe le prix de fes diamans fi on ne les lui
avoit donnés, & elle n'auroit eu aucune réla-
tion avec lui fi elle n'avoit été fa maîtreffe.
Agnès Sorel n'auroit pas fauvé la France, fi elle

n'avoit été celle de Charles VII. Mais ne fe-
rions-nous pas fâchées d'apprendre que la mère
des Gracques, Octavie femme d'Antoine, ou
Porcie fille de Caton, ait eu des amans?
Mon érudition fit rire Cécile. On voit bien,
maman, dit-elle, que vous avez penfé d'avance
à ce que vous venez de dire, & il vous a fallu
remonter bien haut..... Il eft vrai, interrom-
pis-je, que je n'ai rien trouvé dans l'hiftoire
moderne; mais nous mettrons, fi vous voulez,
à la place de ces Romaines Mad. Tr., Mlle.
des M. & Mlles. de S.

Le jeune Lord nous vint voir de meilleure
heure que de coutume. Cécile leva à peine les
yeux de deffus fon ouvrage. Elle lui fit des excufes de fon inattention de la veille, trouva fort
naturel qu'il s'en fût impatienté, & fe blâma
d'avoir montré de l'humeur. Elle le pria, après
m'en avoir demandé la permiffion, de revenir
le lendemain lui donner une leçon dont elle
profiteroit fûrement beaucoup mieux. Quoi!
c'eft de cela que vous vous fouvenez! lui dit-il
en s'approchant d'elle & faifant femblant de
regarder fon ouvrage. Oui, dit-elle, c'eft de
cela. Je me flatte, dit-il, que vous n'avez pas
été en colère contre moi. Point en colère du

tout, lui répondit-elle. Il fortit défabufé, c'eft-
à-dire, abufé. Cécile écrivit fur une carte :
« Je l'ai trompé, cela n'eft pourtant pas bien
» agréable à faire ». J'écrivis : « Non, mais
» cela étoit néceffaire & vous avez bien fait.
» Je fuis intéreffée, Cécile. Quelquefois je vou-
» drois que vous époufaffiez ce petit Lord. Ses
» parens ne le trouveroient pas trop bon, mais
» comme ils auroient tort, peu m'importe.
» Pour cela il faut tâcher de le tromper. Si
» vous réuffiffez à le tromper, il pourra dire :
» c'eft une fille aimable, bonne, peu fenfible,
» de cette fenfibilité à craindre pour un mari ;
» elle fera fage, je l'aime, je l'épouferai. Si
» vous ne réuffiffez pas, s'il voit à travers de
» votre réferve ; il peut dire, elle fait fe vain-
» cre, elle eft fage, je l'aime, je l'eftime, je
» l'épouferai ». Cécile me rendit les deux cartes en fouriant. J'écrivis fur une troifiéme :
« Au refte je ne dis *tromper* que pour avoir
» plutôt fait. Si je fuis curieufe de lire une let-
» tre qui m'eft confiée, au point d'être tentée
» quelquefois de l'ouvrir, eft-ce tromper que
» de ne l'ouvrir pas & de ne pas dire fans né-
» ceffité que j'en aie eu la tentation ? & pour-
» vu que je n'ouvre jamais aucune lettre, n'eft-

» il pas bien qu'on ofe toujours me les confier » ?
Maman, me dit Cécile, dites-moi tout ce que
vous voudrez ; mais quant à me rappeler ce
que vous m'avez dit ou écrit, il n'en eft pas
befoin. Je ne puis l'oublier. Je n'ai pas tout
compris, mais les paroles font gravées dans ma
tête. J'expliquerai ce que vous m'avez dit par
les chofes que je verrai, que je lirai, par celles
que j'ai déjà vues & lues, & ces chofes-là je
les expliquerai par celles que vous m'avez dites.
Tout cela s'éclaircira mutuellement. Aidez-
moi quelquefois, maman, à faire des applica-
tions comme autrefois quand vous me difiez :
« Voyez cette petite fille, c'eft cela qu'on ap-
» pelle être foigneufe ; voyez celle-là, c'eft
» cela qu'on appelle être négligente. Celle-ci
» eft agréable à voir, l'autre déplait & dégoû-
» te ». Faites-en autant fur ce nouveau chapitre. C'eft tout ce dont je croie avoir befoin,
& à préfent je ne veux m'occuper que de mon
ouvrage.

Le jeune Lord eft venu comme on l'en avoit
prié. La partie d'échecs eft fort bien allée.
Milord me dit une fois pendant la foirée : vous
me trouverez bien bizarre, Madame ; je me
plaignois avant-hier de ce que Mademoifelle

étoit trop peu attentive, ce foir je trouve qu'elle l'eft trop. A fon tour il étoit diftrait & rêveur. Cécile a paru ne rien voir & ne rien entendre. Elle m'a priée de lui procurer Fili-dor. Si cela continue, je l'admirerai. Adieu, je répète ce que j'ai dit au commencement de ma lettre ; cette fois-ci vous me devez des re-merciemens. J'ai rempli ma tâche encore plus exactement que je ne penfois. J'ai copié la let-tre & les cartes. Je me fuis rappelée ce qui s'eft dit prefque mot à mot.

TREIZIEME

TREIZIEME LETTRE.

TOUT va affez bien. Cécile s'obferve avec un foin extrême. Le jeune homme la regarde quelquefois d'un air qui dit : me ferois-je trompé, & vous ferois-je tout-à-fait indifférent ? Il devient chaque jour plus attentif à lui plaire. Nous ne voyons plus le jeune Miniftre mon parent, ni fon ami des montagnes. Le jeune Bernois, fe fentant peut-être trop éclipfé par fon coufin, ne nous honore plus de fes vifites. Mais ce coufin vient nous voir très-fouvent, & me paroît toujours très-aimable. Quant aux deux autres hommes, je les appelle *mes pénates*. Vos hommes m'ont bien fait rire. Celui qui eft étonné qu'une hérétique fache ce que c'eft que le Décalogue, me rappelle un François qui difoit à mon père : Monfieur, qu'on foit Huguenot pendant le jour, je le comprends ; on s'étourdit, on fait fes affaires, on ne penfe à rien ; mais le foir, en fe couchant, dans fon lit, dans l'obfcurité on doit être bien inquiet ; car, au bout du compte, on pourroit mourir pendant la nuit ; & un autre qui lui difoit :

F

Je fais bien, Monfieur, que, vous autres Hu-
guenots, vous croyez en Dieu. Je l'ai toujours
foutenu, je n'en doute pas; mais en Jefus-
Chrift?.... Quant au Préfident qui ne com-
prend pas comment une femme, qui a quelque
inftruction & quelque ufage du monde, ofe
encore parler des dix Commandemens, & en
général de la religion; il eft encore plus plaifant
ou plus pitoyable. Il a voulu raifonner; il dit,
comme tant d'autres, que fans la religion nous
n'aurions pas moins de morale, & cite quelques Athées honnêtes gens. Répondez-lui que,
pour en juger, il faudroit trois ou quatre géné-
rations & un peuple entier d'Athées; car, fi
j'ai eu un père, une mère, des maîtres Chré-
tiens ou Déiftes, j'aurai contracté des habitudes de penfer & d'agir qui ne fe perdront pas le
refte de ma vie, quelque fyftême que j'adopte,
& qui influeront fur mes enfans fans que je le
veuille ou le fache. De forte que Diderot, s'il
étoit honnête homme, pouvoit le devoir à une
religion que, de bonne foi, il foutenoit être
fauffe. Vous n'aviez pas befoin de m'affurer que
vous ne difiez jamais rien de mes lettres qui pût
m'attirer le plus petit inconvénient. Les écriroi-je
je fi je n'en étois affurée? Je fuis bien aife que

vous foyez fi contente de Cécile. Vous me trouvez extrêmement indulgente , & vous ne favez
pas pourquoi ; en vérité , ni moi non plus. Il n'y
auroit eu , ce me femble , ni juftice ni prudence
dans une conduite plus rigoureufe. Comment
fe garantir d'une chofe qu'on ne connoît &
n'imagine point , qu'on ne peut ni prévoir , ni
craindre ? Y a-t-il quelque loi naturelle ou ré-
vélée , humaine ou divine qui dife : la première
fois que ton amant te baifera la main , tu n'en
feras point émue ? Falloit-il la menacer

Des chaudières bouillantes
Où l'on plonge à jamais les femmes mal-vivantes?

Falloit-il, en la boudant , en lui montrant de
l'éloignement , l'inviter à dire , comme Télé-
maque , *O Milord ! fi maman m'abandonne , il
ne me refte plus que vous.* Suppofé que quelqu'un fût affez fou pour me dire , oui , il le
falloit ; je dirois que , n'ayant ni indignation ,
ni menace , ni éloignement dans le cœur , cette
conduite , qui ne m'auroit paru ni jufte ni prudente , n'auroit pas non plus été poffible.

QUATORZIEME LETTRE.

Que direz-vous d'une fcène qui nous boule-
verfa hier, ma fille & moi, au point que nous
n'avons prefque pas ouvert la bouche aujour-
d'hui, ne voulant pas en parler & ne pouvant
parler d'autre chofe? Voilà du moins ce qui me
ferme la bouche, & je crois que c'eft auffi ce
qui la ferme à Cécile. Elle a l'air encore toute
effrayée. Pour la première fois de fa vie elle a
mal paffé la nuit, & je la trouve très-pâle.

Hier, Milord & fon parent dînant au château, je n'eus l'après-dîné que mon coufin du
régiment de ***. Ma fille le pria de faire une
pointe à fon crayon. Il prit pour cela un canif;
le bois du crayon fe trouva dur, fon canif fort
tranchant. Il fe coupa la main fort avant. Le
fang coula avec une telle abondance que j'en
fus effrayée. Je courus chercher du taffetas
d'Angleterre, un bandage, de l'eau. C'eft fin-
gulier, dit il en riant, & ridicule, j'ai mal au
cœur. Cécile dit qu'il pâlit extrêmement. Je
criai de la porte, ma fille, vous avez de l'eau
de Cologne. Elle en mouilla vîte fon mou-

choir ; d'une main elle tenoit ce mouchoir , qui lui cachoit le vifage de M. de * * ; de l'autre , elle tâchoit d'arrêter le fang avec fon tablier. Elle le croyoit prefque évanouï , dit - elle , quand elle fentit qu'il la tiroit fur lui. Penchée comme elle l'étoit , elle n'auroit pu réfifter ; mais l'effroi , la furprife lui en ôtèrent la penfée. Elle le crut fou ; elle crut qu'une convulfion lui faifoit faire un mouvement involontaire, ou plutôt elle ne crut rien , tant fes idées furent rapides & confufes. Il lui difoit : chère Cécile ! charmante Cécile ! Au moment où il lui donnoit avec tranfport un baifer fur le front, ou plutôt dans fes cheveux par la manière dont elle étoit tombée fur lui. Je rentre. Il la remet auffi-tôt fur fes pieds, fe lève , & la voyant chancelante il l'affied à fa place. Son fang couloit toujours. J'appelle Fanchon , je lui montre mon parent, je lui donne ce que je tenois , & fans dire un feul mot j'emmène ma fille. Plus morte que vive , elle me raconta ce que je viens de vous dire. Mais, maman, difoit-elle, comment n'ai-je pas eu la penfée de me jetter de côté, de détourner fa tête ? J'avois deux mains ; il n'en avoit qu'une. Je n'ai pas fait le moindre effort pour m'arracher du bras qui étoit autour de ma taille & qui me tiroit. J'ai toujours continué à tenir mon tablier autour de la main blessée. Qu'importoit qu'elle saignât un peu plus ! C'est lui qui doit se faire de moi une idée bien étrange ! N'est-il pas affreux de pouvoir perdre le jugement au moment où l'on en auroit le plus besoin ! Je ne répondois rien. Craignant également de graver dans son imagination d'une manière trop fâcheuse une chose qui lui faisoit tant de peine, & de la lui faire envisager comme un événement commun, ordinaire & auquel il ne falloit point mettre d'importance, je n'osois parler. Je n'osai même exprimer mon indignation contre M. de ***. Je ne disois rien du tout. Je fis dire à ma porte que Cécile étoit incommodée. Nous passâmes la soirée à lire de l'anglois. Elle entend passablement Robertson. L'histoire de la malheureuse Reine Marie l'attacha un peu ; mais de tems en tems elle disoit : mais, maman, cela n'est - il pas bien étrange ? Etoit-il donc fou ? Quelque chose d'approchant, lui répondis-je ; mais lisez, ma fille, cela vous distrait & moi aussi. — Le voilà. Il ne s'est pas fait annoncer de peur sans-doute qu'on ne le renvoyât. Je ne sais comment lui parler, comment le regarder. Je continue d'é-

crire pour me difpenfer de l'un & de l'autre.
Je vois Cécile lui faire une grande révérence.
Il eft auffi pâle qu'elle, & ne paroît pas avoir
mieux dormi. Je ne puis pas écrire plus long-
tems. Il ne faut pas laiffer ma fille dans l'em-
barras.

Monfieur de *** s'eft approché de moi quand
il m'a vu pofer la plume. Me banniriez-vous
de chez vous, Madame? m'a-t-il dit. Je ne fais
moi-même fi j'ai mérité une auffi cruelle puni-
tion. Je fuis coupable, il eft vrai, de l'oubli
de moi-même le plus impardonnable, le plus
inconcevable; mais non d'aucun mauvais deffein, d'aucun deffein. Ne favois - je pas que
vous alliez rentrer ? J'aime Cécile ; je le dis
aujourd'hui comme une excufe, & hier, en
entrant chez vous, j'aurois cru ne pouvoir jamais le dire fans crime. J'aime Cécile, & je
n'ai pu fentir fa main contre mon vifage, ma
main dans la fienne, fans perdre pour un inftant
la raifon. Dites à-préfent, Madame, me banniffez-vous de chez vous? Mademoifelle, me
banniffez-vous, ou me pardonnez-vous géné-
reufement l'une & l'autre? Si vous ne me pardonnez pas, je quitte Laufanne dès ce foir.
Je dirai qu'un de mes amis me prie de venir

tenir fa place au régiment, d'où une affaire preffante l'éloigne. Il me feroit impoffible de vivre ici fi je ne pouvois venir chez vous, ou d'y venir fi j'y étois reçu comme vous devez trouver que je le mérite. Je ne répondois pas. Cécile m'a demandé la permiffion de répondre. J'ai dit que je foufcrivois d'avance à tout ce qu'elle diroit. Je vous pardonne, Monfieur, a-t-elle dit, & je prie ma mère de vous pardonner. Au fonds c'eft ma faute. J'aurois dû être plus circonfpecte, vous donner mon mouchoir & ne le pas tenir, détacher mon tablier après en avoir enveloppé votre main. Je ne favois pas la conféquence de tout cela ; me voici éclairée pour le refte de ma vie. Mais, puifque vous m'avez fait un aveu, je vous en ferai un auffi qui vous fera utile peut-être, & qui vous fera comprendre pourquoi je ne crains pas de continuer à vous voir. J'ai auffi de la préférence pour quelqu'un. Quoi ! s'écria-t-il, vous aimez ! Cécile ne répondit pas. De ma vie je n'ai été auffi émue. Je le croyois, mais le favoir ! favoir qu'elle aime affez pour le dire & de cette manière ! pour fentir que c'eft un préfervatif, que les autres hommes ne font point à craindre pour elle ! M. de ***, fur qui je jettai

les yeux, me fit pitié dans ce moment, & je
lui pardonnai tout. L'homme que vous aimez,
Mademoiſelle, lui dit-il d'une voix altérée,
fait-il ſon bonheur? Je me flatte qu'il n'a pas
deviné mes ſentimens, répondit Cécile avec le
ſon de voix le plus doux & une expreſſion dans
l'accent la plus modeſte qu'elle ait jamais eue.
Mais comment cela eſt-il poſſible, dit-il; car,
vous aimant, il doit étudier vos moindres paroles, vos moindres actions, & alors ne doit-il
pas demêler.... Je ne ſais pas s'il m'aime,
interrompit Cécile, il ne me l'a pas dit, & il
me ſemble que je le verrois par la raiſon que
vous dites. Je voudrois ſavoir, reprit-il, quel
eſt cet homme aſſez heureux pour vous plaire,
aſſez aveugle pour l'ignorer. Et pourquoi vou-
driez-vous le ſavoir? dit Cécile. Il me ſemble,
dit-il, que je ne lui voudrois point de mal, &
cela parce que je ne le crois pas auſſi amoureux que moi. Je lui parlerois tant de vous,
avec tant de paſſion, qu'il feroit une plus grande
attention à vous, qu'il vous en apprécieroit
mieux & qu'il mettroit ſon ſort entre vos mains;
car je ne puis croire qu'il ſoit malheureuſement
lié comme moi. J'aurois eu au moins le bonheur de vous ſervir, & je me conſolerois un

peu en penfant qu'un autre ne faura pas être
heureux autant que je le ferois à fa place. Vous
êtes généreux & aimable, lui dis-je ; je vous
pardonne auffi de tout mon cœur. Il pleura &
moi auffi. Cécile baiffoit la tête & reprit fon
ouvrage. L'aviez-vous dit à votre mère? lui
dit-il. Non, lui dis-je, elle ne me l'avoit pas
dit. — Mais vous favez qui c'eft. — Oui, je
le devine. — Et fi vous ceffiez de l'aimer,
Mademoifelle ? Ne le fouhaitez pas, lui dis-je,
vous êtes trop aimable pour qu'en ce cas-là je
puffe ne vous pas bannir. Il me vint du monde,
il fe fauva. Je dis à Cécile de refter le dos
tourné à la fenêtre , & je fis apporter du café
que je la priai de me fervir, quoiqu'il ne fût
guère l'heure d'en prendre. Tout cela l'occu-
pant & la cachant, elle effuya peu de queftions
fur fa pâleur & fur fon indifpofition de la veille.
Il n'y eut que notre ami l'Anglois à qui rien
n'échappa. J'ai rencontré votre parent, me
dit-il tout bas. Il m'auroit évité s'il l'avoit pu.
Quel air je lui ai trouvé ! Dix jours de maladie
ne l'auroient pas plus changé qu'il n'a changé
depuis avant-hier. Vous me trouvez bien pâle,
m'a-t-il dit. Figurez-vous, en me montrant fa
main, qu'une piquure, profonde à la vérité,

m'a changé de la forte. Je lui ai demandé où il s'étoit fait cette piquûre. Il m'a dit que c'étoit chez vous avec un canif, en coupant un crayon, qu'il avoit perdu beaucoup de fang & s'étoit trouvé mal. Cela eft fi ridicule, a-t-il dit, que j'en rougis. En effet il a rougi, & n'en a été le moment d'après que plus pâle. J'ai bien vu qu'il difoit vrai, mais qu'il ne difoit pas tout. En entrant ici je vous trouve un air d'émotion & d'attendriffement. Mlle. Cécile eft pâle & abattue. Permettez-moi de vous demander ce qui s'eft paffé. Parce que vous avez été confident une fois, lui ai-je répondu en fouriant, vous voulez toujours l'être ; mais il y a des chofes que l'on ne peut dire — & nous avons parlé d'autre chofe. On a travaillé, goûté, joué au piquet, au whift, aux échecs comme à l'ordinaire. La partie d'échecs a été fort grave. Le Bernois faifoit jouer Cécile d'après Filidor que j'avois fait chercher. Milord, que cela n'amufoit guère, lui a cédé fa place & a demandé à faire un robber au whift. A la fin de la foirée, la voyant travailler, il a dit à Cécile : vous m'avez refufé tout l'hiver, Mademoifelle, une bourfe ou un porte-feuille. Il faudra bien pourtant, quand je partirai, que j'emporte un fouvenir de vous , & que vous me permettiez de vous en laiffer un de moi. Point du tout, Milord, répondit-elle ; fi nous devons ne nous jamais revoir, nous ferons fort bien de nous oublier. Vous avez bien de la fermeté, Mademoifelle, dit-il, & vous prononcez *ne nous jamais revoir*, comme fi vous ne difiez rien. Je me fuis approchée, & j'ai dit : il y a de la fermeté dans fon expreffion ; mais vous, Milord, il y en a eu dans votre penfée, ce qui eft bien plus beau. — Moi, Madame ! — Oui, quand vous avez parlé de départ & de fouvenir, vous penfiez bien à une éternelle féparation. Cela eft clair , a dit Cécile en s'efforçant pour la première fois de fa vie à prendre un air de fierté & de détachement. Au refte , je crois que fi le détachement n'étoit que dans l'air, la fierté étoit dans le cœur. Le ton dont il avoit dit *quand je partirai*, l'avoit bleffée. Il fut bleffé à fon tour. N'eft-il pas étrange qu'on ne fe foucie prefque d'être aimé que quand on croit ne le pas être ; qu'on fente tant la priva-tion, & fi peu la jouïffance ; qu'on fe joue du bien qu'on a, & qu'on l'eftime dès qu'on ne l'a plus ; qu'on bleffe fans réflexion, & qu'on s'offenfe & s'afflige de l'effet de la bleffure ;

qu'on repouffe ce qu'on voudroit enfuite retirer
à foi! Quelle journée! me dit Cécile dès que
nous fûmes feules. M'eft-il permis, maman,
de vous demander ce qui vous en a le plus
frappée. — Ce font ces mots : *J'ai auffi de la
préférence pour quelqu'un.* Je ne me fuis donc
pas trompée, reprit - elle en m'embraffant ;
mais ne craignez rien, maman. Il me femble
qu'il n'y a rien à craindre. Je me trouve, comme il dit, de la fermeté, & j'ai une envie fi
grande de ne pas vous donner des chagrins !
Ce matin vous favez que nous n'avons prefque
point parlé. Eh bien ! je me fuis occupée pendant notre filence de la manière dont il me con-
viendroit que vous vouluffiez vivre pendant quelque tems. Cela fera un peu gênant pour vous,
& bien trifte pour moi; mais je fais que vous
feriez des chofes beaucoup plus difficiles. Comment faudroit-il vivre, Cécile ? lui dis-je. —
Il me femble qu'il faudroit moins refter chez
nous, & que ces trois ou quatre hommes nous
trouvaffent moins fouvent feules. La vie que
nous menons eft fi douce pour moi & fi agréable pour eux, vous êtes fi aimable, maman,
on eft trop bien, rien ne gêne, on penfe &
on dit ce qu'on veut. Il vaudra mieux, au rif-

que de s'ennuyer, aller chercher le monde.
Vous m'ordonnerez d'apprendre à jouer au
whift; il ne fera plus queftion d'échecs ni de
dames. On fe défaccoutumera un peu les uns
desautres. Si on aime, on pourra bien le montrer, & enfin le dire. Si on n'aime pas, cela
fe verra plus diftinctement, & je ne pourrai
plus m'y tromper. Je la ferrai dans mes bras.
Que vous êtes aimable, que vous êtes raifonnable! m'écriai-je. Que je fuis contente & glo-
rieufe de vous! Oui, ma fille, nous ferons
tout ce que vous voudrez. Qu'on ne me repro-
che jamais ma foibleffe ni mon aveuglement.
Seriez-vous ce que vous êtes, fi j'avois voulu
que ma raifon fût votre raifon, & qu'au lieu
d'avoir une ame à vous, vous n'euffiez que la
mienne? Vous valez mieux que moi. Je vois
en vous ce que je croyois prefqu'impoffible de
réunir, autant de fermeté que de douceur,
de difcernement que de fimplicité, de prudence
que de droiture. Puiffe cette paffion, qui a
développé des qualités fi rares, ne vous pas
faire payer trop cher le bien qu'elle vous a
fait! Puiffe-t-elle s'éteindre ou vous rendre
heureufe! Cécile, qui étoit très-fatiguée, me
pria de la déshabiller, de l'aider à fe coucher

& de souper auprès de son lit. Au milieu de notre souper elle s'endormit profondément. Il est onze heures, elle n'est pas encore levée. Dès ce soir je commencerai à exécuter le plan de Cécile, & je vous dirai dans peu de jours comment il nous réussit.

QUINZIEME LETTRE.

Nous vivons cómme Cécile l'a demandé , & j'admire qu'on nous faſſe accueil dans un monde que nous négligeons beaucoup. Nous y ſommes une ſorte de nouveauté. Cécile qui a pris de la contenance , aſſez d'aiſance dans les manières , de la prévenance , de l'honnêteté, eſt aſſurément une nouveauté très-agréable ; & ce qui fait plus que tout cela , c'eſt que nous rendons à la ſociété quatre hommes qu'on n'eſt pas fâché d'avoir. Les premières fois que Cécile a joué au whiſt , le Bernois voulut être ſon maître cómme aux échecs , & l'aſſiduité qu'il a montrée auprès d'elle a un peu écarté le jeune Lord. Les gens ont auſſi perdu la penſée qu'il fallût le faire jouer conſtamment avec Cécile, comme ils l'avoient eue au commencement de l'hiver. Nous avons eu dans un même jour différentes ſcènes aſſez ſingulières , & des momens aſſez plaiſans. Cécile avoit dîné chez une parente malade , & j'étois ſeule à trois heures quand Milord & ſon parent entrèrent chez moi. Il faut à préſent venir de bien bonne

heure

heure pour avoir l'efpérance de vous trouver,
dit Milord. Il y a eu, avant ce changement, fix
femaines bien plus agréables que n'ont été ces
derniers huit ou dix jours. Me feroit-il permis
de vous demander, Madame, qui de vous, ou
de Mademoifelle Cécile, a fouhaité qu'on fe mît
à fortir tous les jours? C'eft ma fille, ai-je
répondu. S'ennuyoit-elle? dit Milord. Je ne le
crois pas, ai-je dit. Mais pourquoi donc, a-t-
il repris, quitter une façon de vivre fi commode
& fi agréable, pour en prendre une pénible &
infipide? Il me femble ..... il me femble à
moi, a interrompu fon parent, que Mademoifelle Cécile peut en avoir eu trois raifons ; c'eft-
à-dire, une raifon entre trois, qui chacune lui
feroit honneur. Et quelles trois raifons? a dit
le jeune homme. —— D'abord elle peut avoir
craint qu'on ne trouvât à redire à la façon de
vivre que nous regrettons, & que des femmes
fâchées de ne plus voir ces deux Dames parmi
elles, & leur enviant les empreffemens de tous
les hommes qu'elles veulent bien fouffrir, ne
fiffent quelque remarque injufte & maligne ; or
une femme, & encore plus une jeune fille, ne
peut prévenir avec trop de foin les mauvais
propos & la difpofition qui les fait tenir. Et

G

votre feconde raifon ? voyons, dit Milord, fi je la trouverai meilleure que la première. — Mademoifelle Cécile peut avoir infpiré à quelqu'un de ceux qui venoient ici un fentiment auquel elle n'a pas cru qu'il lui convînt de répondre, & que, par conféquent, elle n'a pas voulu encourager. — Et la troifième? — Il n'eft pas impoffible qu'elle ne fe foit fentie elle-même un commencement de préférence auquel elle n'a pas voulu fe livrer. Les hommes vous remercieront de la première & de la dernière conjecture, a dit Milord. C'eft dommage qu'elles foient fi gratuites, & que nous ayons fi peu de raifons de croire que nous attirions de l'envie fur ces Dames, ou que nous donnions de l'amour. Mais Milord, a dit en fouriant fon parent, puifque vous voulez qu'on foit fi modefte pour vous auffi bien que pour foi, permettez-moi de vous dire qu'il vient deux hommes ici qui font plus aimables que nous. Voici Mademoifelle Cécile, a dit Milord : je penfe que vous ne feriez pas bien aife que je lui rendiffe compte de vos conjectures quelqu'honorables que vous les trouviez? Comme vous voudrez, lui a-t-on répondu. Cécile étoit entrée. Le plaifir a brillé dans fes yeux. Voulons-nous faire encore une pauvre

partie d'échecs fans que perfonne s'en mêle ?
a dit Milord. Je le voudrois, a répondu Cécile, mais cela n'eſt pas poffible. Dans un quart-
d'heure il faut que j'aille me coëffer & m'habiller pour l'aſſemblée de Mad. de * * * (c'étoit
la femme de notre parent, chez qui nous avions
été invitées) & j'aime mieux caufer un moment
que de jouer une demi-partie d'échecs. En effet elle s'eſt miſe à caufer avec nous d'un air
fi tranquille, fi réfléchi, fi ferein, que je ne
l'avois jamais trouvée aufſi aimable. Les deux
Anglois font reſtés pendant qu'elle faifoit fa
toilette. Elle eſt revenue fimplement & agréablement vêtue; nous l'avons tous un peu admi-
rée, & nous fommes fortis. A la porte de la
maifon où nous allions, le parent de Milord a
dit qu'il ne falloit pas entrer avec nous, & a
voulu faire encore une viſite. Enviera-t-on aufſi
à ces Dames, a dit Milord, le bonheur d'avoir
été accompagnées par nous ? Non, a dit fon
parent, mais on pourroit envier le nôtre; & je
ne voudrois faire de peine à perfonne. Nous
fommes entrées, ma fille & moi. L'aſſemblée
étoit nombreufe, Madame de * * * avoit mis
beaucoup de foin à une parure qui devoit avoir
l'air négligé. Son mari n'eſt pas reſté long-tems

dans la falle ; de forte qu'il n'y étoit plus quand
on a préfenté deux jeunes François de condition, dont l'un avoit l'air fort éveillé , l'autre
fort taciturne. Je n'ai fait qu'entrevoir le premier ; il étoit par-tout. L'autre eft refté immobile à la place que le hafard lui avoit d'abord
donnée. Nos Anglois font venus. Ils ont demandé à Madame de * * * où étoit fon mari.
Demandez à Mademoifelle , a- t-elle répondu
d'un ton de plaifanterie , en montrant ma fille :
il n'a parlé qu'à elle ; & content d'avoir eu ce
bonheur, il s'en eft allé auffi-tôt. Les Anglois
fe font donc approchés de Cécile : elle a dit,
fans fe déconcerter, que fon coufin s'étant plaint
d'un grand mal de tête , il avoit propofé au
Général d'A. de faire une partie de piquet dans
un cabinet éloigné du bruit. Là-deffus j'ai laiffé
Cécile fur fa bonne foi, & fuis allée trouver mon
coufin , à qui j'ai demandé s'il avoit auffi mal
à la tête que le prétendoit Cécile , ou s'il avoit
trouvé fa fituation trop embarraffante dans cette
falle. Seriez-vous affez barbare pour me plai-
fanter ? a-t-il dit ; (il faut vous dire en paffant
que le digne Général d'A. eft un peu fourd)
mais n'importe , je vous ferai ma confeffion.
J'avois un peu mal à la tête. Ma fanté ne s'eft

pas remife de cette piquure (il montroit fa main) cela ne m'auroit pourtant pas obligé à me retirer, mais j'ai fenti que je ferois très-embarraffé ; & puis, ayant toujours trouvé qu'un homme avoit mauvaife grace chez lui dans une affemblée nombreufe, j'ai eu la coquetterie, pour vous & votre fille, de ne pas vouloir y promener fottement ma figure de femme en femme, de table en table. Ces fortes d'affemblées étant au contraire le triomphe des maîtreffes de maifon, j'ai voulu laiffer jouïr Madame de * * * de fes avantages, & ne pas courir le rifque de gâter fon plaifir en lui donnant de l'humeur. J'avois regardé jouer pendant quelques momens, quand l'un des François eft venu mettre fa tête dans le cabinet. Ouvrant tout-à-fait la porte dès qu'il m'a apperçue : je parierois, Madame, a-t-il dit en me faluant, que vous êtes la fœur, la tante, ou la mère d'une jolie perfonne que je viens de voir là-dedans. Laquelle ? ai-je dit. Ah ! vous le favez bien, Madame, m'a-t-il répondu. J'ai dit : eh bien ! je fuis fa mère ; mais à quoi l'avez-vous deviné ? Ce n'eft pas à fes traits, m'a-t-il dit, c'eft à fa contenance & à fa phyfionomie : mais comment pouvez-vous la laiffer

en butte aux fureurs vengereffes de la maîtreffe
du logis? Je l'ai fuppliée de ne pas boire une
taffe de thé qu'elle lui donnoit, & de dire qu'-
elle y avoit vu tomber une araignée; mais Mademoifelle votre fille a hauffé les épaules & a
bu. Elle eft courageufe, ou bien elle croit à
la vertu comme Alexandre; mais moi je crois
à la jaloufie de Madame de ***. Certainement
elle lui a enlevé fon mari ou fon amant; mais
je penfe que c'eft fon mari, car la Dame a l'air
plus vaine que tendre. Je voudrois bien le voir.
Je fuis fûr qu'il eft très-aimable & très-amou-
reux. D'ailleurs j'ai ouï dire ici & dans la ville
où fon régiment eft en garnifon, qu'il étoit le
plus aimable comme le plus brave cavalier du
monde. Mais, Madame, ce n'eft pas la feule
fituation intéreffante que Mademoifelle votre
fille donne lieu aux fpectateurs de confidérer.
Elle a auprès d'elle deux Bernois, un Allemand
& un Lord Anglois, qui eft le feul à qui elle
ne dife pas grand'chofe. Il a l'air d'en être conf-
terné. Il n'eft guère fin à mon avis. Il me
femble qu'à fa place j'en ferois flatté. Cette
diftinction en vaut bien une autre. Vos tableaux
me paroiffent être d'imagination, lui ai-je dit
en fouriant, mais j'étois au fonds très-peinée.

Allons voir tout cela. J'ai fermé la porte du
cabinet après en être fortie. Savez-vous bien,
Monfieur, ai-je dit, que vous avez parlé devant
le maître de la maifon? celui qui joue ———
Quoi, lui! Je fuis au défefpoir. Je ne le croyois
pas fi jeune; & r'ouvrant auffi-tôt la porte &
me ramenant à la partie de piquet, que faut-il,
a-t-il dit à mon parent, que faut-il que fafle
un jeune écervelé vis-à-vis d'un galant homme
qui a eu l'honnêteté de faire femblant de ne pas
entendre les fottifes qui lui font échappées? Ce
que vous faites, a dit M. de * * * en fe levant.
Il a ferré de bonne grace la main que lui pré-
fentoit le jeune étranger ; il a avancé une chaife,
& nous a priés de nous affeoir. Il a demandé,
avec toute l'aifance poffible, des nouvelles de
plufieurs Officiers de fon régiment & d'autres
perfonnes que le jeune homme avoit vues après
lui. A mon tour, je l'ai queftionné. Il eft parent de votre mari; il vous a vue & votre fille,
mais feulement en paffant ; de forte que je n'ai
pu en tirer grand'chofe fur cet intéreffant fujet.
Il eft plus proche parent de l'Evêque de B. que
nous avons vu ici encore Abbé de Th. & il a
un peu de fa fine & vive phyfionomie. Je lui ai
demandé ce qu'étoit fon frère. Officier d'artil-

lerie, m'a-t-il dit, rempli de talens & d'application ; mais auffi il n'eft que cela. Et vous ?
lui ai-je dit. —— Un étourdi, un efpiégle, & je
ne fuis auffi prefque que cela. J'avois cru que
cette profeffion me fuffiroit jufqu'à vingt ans ;
mais, quoique je n'en aie que dix-fept, j'ai envie
ce foir d'abdiquer tout de fuite. Encore feroit-
ce trop tard d'un jour. —— Et laquelle prendrez-
vous à la place ? Je m'étois toujours promis,
m'a-t-il répondu , d'être un héros en ceffant
d'être un fou. A vingt ans je veux être un héros.
J'ai envie d'employer ces trois ans d'intervalle
à me préparer à ce métier, mieux que je n'aurois pu faire fi je n'avois quitté l'autre dès-à-
préfent. Je vous remercie, lui ai-je dit, &
fuis très-contente de vous & de vos réponfes.
Allons voir ce que fait ma fille. Je prie l'ap-
prenti Héros de penfer que la loyauté, la prudence, la difcrétion envers les Dames faifoient
partie de la profeffion de fes devanciers les plus
célèbres, ceux dont les Troubadours de fon
pays chantoient les amours & les exploits. Je
le prie de ne pas dire un mot de ma fille qui ne
foit digne du preux Chevalier le plus difcret.
Je vous le promets ; non pas en plaifantant,
mais tout de bon, m'a-t-il dit. Je ne faurois

me taire trop fcrupuleufement après l'extrava-
gance avec laquelle j'ai parlé. Nous étions alors
dans le fallon. Ma fille jouoit au whift avec
des enfans, Princes à la vérité, mais qui n'en
étoient pas moins les petits ours les plus mal
léchés du monde. Voyez, m'a dit le François,
le Lord Anglois & le beau Bernois ont été pla-
cés à l'autre extrêmité de la chambre. Point de
remarques, lui ai-je dit. M'eft-il donc permis,
m'a-t-il dit, de vous montrer mon frère qui,
affis à la même place où nous l'avons laiffé,
bombarde & canonne encore la même ville;
Gibraltar, par exemple? cette table eft la
forterefle; ou bien c'eft Maftricht qu'il s'agit
de défendre. Ce babil n'auroit jamais fini, fi
je n'euffe prié qu'on me fît jouer. Je finiffois
ma partie quand mon coufin eft rentré dans le
fallon. Il s'eft approché de moi. Faut-il, m'a-
t-il dit, que ce petit étourdi ait vu en un inftant
ce que je n'ai fu voir malgré toute mon application! Faut-il qu'il foit venu me tirer d'une
incertitude dont je connois le prix depuis qu'elle
eft finie! Il s'affit triftement à mes côtés, n'o-
fant s'approcher de ma fille, ne pouvant fe
réfoudre à s'approcher de fa femme ni de
Milord. Je vous laiffe croire, lui dis-je; vous

porteriez vos foupçons fur quelqu'autre , & ils
feroient peut-être encore plus fâcheux ; car
cet enfant ne me paroît pas d'une figure ni
d'un efprit bien diftingués. Demandez - vous
pourtant s'il eft bien raifonnable d'ajouter tant
dé foi aux obfervations qu'a pu faire en un
demi - quart d'heure un jeune étourdi. Cet
étourdi , m'a-t-il répondu , n'a-t-il pas deviné
m'a femme ? Nous nous retirâmes ; je laiffai
mon coufin plongé dans la trifteffe. Les Anglois
nous ramenèrent , & Milord me pria fi inf-
tamment de permettre qu'on portât leur foupé
chez moi, que je ne pus le refufer. Ils me ra-
contèrent tous les mots piquans , les regards
malveillans de notre parente. C'étoit l'explication de cette taffe de thé que le François
ne vouloit pas que ma fille bût. On parla de la
partie qu'on lui avoit fait faire. A tout cela
Cécile ne difoit pas un mot ; & me tirant à
part , ne nous plaignons pas , maman , me
dit-elle , & ne nous moquons pas : à fa place
j'en ferois peut-être tout autant. Non pas , lui
dis-je , comme elle par amour-propre. Le
foupé fut gai. Le petit Lord me parut fort
aife de n'avoir point de Bernois , point de
François , point de concurrens autour de lui.

En s'en allant il me dit que cette fois-ci il adop-
teroit les ménagemens de son coufin, & ne
diroit mot du foupé de peur de fe faire porter
envie. Je ne lui aurois pas demandé le fecret,
mais je ne fuis pas fâchée que de lui même il
le garde. Mon coufin me fait tout de bon pitié.
Les François repartent demain. Ils ont fait
grande fenfation ici ; mais, en admirant l'application & les talens de l'aîné, on regrettoit
qu'il ne parlât pas un peu plus, qu'il ne fût pas
comme un autre ; &, en admirant la vivacité
d'efprit & la gentilleffe du cadet, on auroit
voulu qu'il parlât moins, qu'il fût circonfpect &
modefte, fans penfer qu'il n'y auroit alors plus
rien à admirer non plus qu'à critiquer chez
aucun des deux. On ne voit point affez que,
chez nous autres humains, le revers de la mé-
daille eft de fon effence auffi bien que le beau
côté. Changez quelque chofe, vous changez
tout. Dans l'équilibre des facultés vous trouverez la médiocrité comme la fageffe. Adieu. Je
vous enverrai, par les parens de votre mari,
la filhouette de ma fille.

SEIZIEME LETTRE.

JE vais vîte copier une lettre du Bernois que mon coufin vient de m'envoyer.

« Ta parente Cécile de * * * eft la première
» femme que j'aie jamais défiré d'appeller mien-
» ne. Elle & fa mère font les premières fem-
» mes avec qui j'aie pu croire que je ferois
» heureux de paffer ma vie. Dis-moi, mon
» cher ami, toi qui les connois, fi je me fuis
» trompé dans le jugement parfaitement avan-
» tageux que j'ai porté d'elles ? Dis-moi encore,
» (car c'eft une feconde queftion) dis, fans
» te croire obligé de détailler tes motifs, fi tu
» me confeilles de m'attacher à Cécile & de la
» demander à fa mère ? »

Plus bas mon coufin a écrit : « A ta première
» queftion je réponds fans héfiter *oui*, & cepen-
» dant je réponds *non* à la feconde. Si ce qui
» me fait dire *non*, vient à changer, ou fi mon
» opinion à cet égard change, je t'en avertirai
» tout de fuite ».

Il a écrit dans l'enveloppe : « Faites-moi la
» grace, Madame, de me faire favoir fi vous

» & Mlle. Cécile approuvez ma réponfe.
» Suppofé que vous ne l'approuviez pas ; je
» garderai ceci, & ferai la réponfe que vous
» me dicterez ».

Cécile eft fortie, je l'attends pour répondre.

Elle approuve la réponfe. Je lui ai dit : pen-
fez-y bien, ma chère enfant ? J'y penfe bien,
m'a-t-elle répondu. Ne te fâche pas de ma
queftion, lui ai-je dit. Trouves-tu ton Anglois
plus aimable ? Elle m'a dit que non. Le crois-
tu plus honnête, plus tendre, plus doux ? —
Non. — Le trouves-tu d'une plus belle figure ? — Non. — Tu vivrois du moins en été dans
le Pays-de-Vaud. Aimerois-tu mieux vivre dans
un pays inconnu, où tu ne connois perfonne ? — J'aimerois cent fois mieux vivre ici, &
j'aimerois mieux vivre à Bérne qu'à Londres. —
Te feroit-il indifférent d'entrer dans une famille
où l'on ne te verroit pas avec plaifir ? — Non,
cela me paroîtroit très-fâcheux. *S'il eft des
nœuds fecrets, s'il eft des fympathies*, en eft-il
ici, ma chère enfant ? —— Non, maman. Je
ne l'occupe tout au plus que quand il me voit,
& je ne penfe pas qu'il me préfère à fon cheval, à fes bottes neuves, ni à fon fouët anglois.

Elle fourioit triftement, & deux larmes bril-

loient dans fes yeux. Ne vous paroît-il pas poffible, ma fille, d'oublier un pareil amant? lui
ai-je dit. —— Cela me paroît poffible ; mais je
ne fais fi cela arrivera. —— Eft-il bien fûr que
tu te confolaffes de refter fille ? —— Cela n'eft
pas bien fûr, c'eft encore une de ces chofes
dont il me femble qu'on ne peut juger d'avance. — Et cependant la réponfe ? — La réponfe
eft bonne, maman, & je vous prie d'écrire à
mon coufin de l'envoyer. Ecris-le toi-même,
ai-je dit. Elle a fait une enveloppe à la lettre
& a écrit dedans : « La réponfe eft bonne,
» Monfieur, & je vous en remercie. Cécile
» de * * * ».

La lettre envoyée, ma fille m'a donné mon
ouvrage & a pris le fien. Vous m'avez demandé, maman, m'a-t-elle dit, fi je me confole-
rois de ne pas me marier. Il me femble que ce
feroit felon le genre de vie que je pourrois mener. J'ai penfé déjà plufieurs fois que fi je n'a-
vois rien à faire que d'être une Demoifelle au
milieu de gens qui auroient des maris, des
amans, des femmes, des maîtreffes, des enfans, je pourrois trouver cela bien trifte, &
convoiter quelquefois, comme vous difiez l'autre jour, le mari ou l'amant de mon prochain ;

mais fi vous trouviez bon que nous allaffions
en Hollande ou en Angleterre tenir une boutique, ou établir une penfion, je crois qu'étant
toujours avec vous & occupée, & n'ayant pas
le tems d'aller dans le monde ni de lire des ro-
mans, je ne convoiterois & ne regretterois
rien, que ma vie pourroit être très-douce. Ce
qui manqueroit à la réalité, je l'aurois en efpérance. Je me flatterois de devenir affez riche
pour acheter une maifon entourée d'un champ,
d'un verger, d'un jardin, entre Laufanne &
Rolle, ou bien entre Vevey & Villeneuve, &
d'y paffer avec vous le refte de ma vie. Cela
feroit bon, lui ai-je dit, fi nous étions fœurs
jumelles ; mais, Cécile, je vous remercie :
votre projet me plaît & me touche. S'il étoit
encore plus raifonnable il me toucheroit moins.
On meurt à tout âge ; & peut-être, a-t-elle
dit, auriez-vous l'ennui de me furvivre. Oui,
lui ai-je répondu ; mais il eft un âge où l'on
ne peut plus vivre, & cet âge viendroit dix-
neuf ans plutôt pour moi que pour vous. La
converfation a fini-là ; mais nous nous fommes
entretenues encore long-tems avec nos penfées.
Six heures ont fonné, & nous fommes forties,
car nous ne paffons plus de foirées à la mai-

fon, à moins que nous n'ayons véritablement du monde ; c'eſt-à-dire, des femmes auſſi bien que des hommes. Jamais je n'étois moins ſortie de chez moi que pendant le mois paſſé, & jamais je ne ſuis tant ſortie que ce mois-ci. La retraite étoit une affaire de haſard & de penchant ; ladiſſipation eſt une tâche aſſez pénible. Si je n'étois pas la moitié du tems très inquiette dans le monde, je m'y ennuierois mortellement. Les intervalles d'inquiétude ſont remplis par l'ennui. Quelquefois je me repoſe & me remonte en faiſant un tour de promenade avec ma fille, ou bien comme aujourd'hui en m'aſſéyant ſeule vis-à-vis d'une fenêtre ouverte qui donne ſur le lac. Je vous remercie montagnes, neige, ſoleil, de tout le plaiſir que vous me faites. Je vous remercie Auteur de tout ce que je vois, d'avoir voulu que ces choſes fuſſent ſi agréables à voir. Elles ont un autre but que de me plaire. Des loix auxquelles tient la conſervation de l'Univers ſont tomber cette neige, & luire ce ſoleil. En la fondant, il produira des torrens, des caſcades, & il colorera ces caſcades comme un arc-en-ciel. Ces choſes ſont les mêmes là où il n'y a point d'yeux pour les voir ; mais en même tems qu'elles ſont néceſ-
faires,

faires, elles font belles. Leur variété auffi eft néceffaire ; mais elle n'en eft pas moins agréable, & n'en prolonge pas moins mon plaifir. Beautés frappantes & aimables de la nature ! tous les jours mes yeux vous admirent, & mon cœur vous fent.

DIX-SEPTIEME LETTRE.

MA chère amie, vous m'avez fait encore plus de plaifir que vous ne croyez, en me difant que la filhouette de Cécile vous plaifoit fi fort, & que les récits du jeune François vous avoient donné tant d'envie de voir la fille & de revoir la mère. Eh bien ! il ne tient qu'à vous de les voir. Ma fille perd fa gaieté dans la contrainte qu'elle s'impofe. Si cela duroit plus long-tems, je craindrois qu'elle ne perdît fa fraîcheur, peut-être fa fanté. Depuis quelques jours je méditois fur les moyens de prévenir un malheur qu'il m'eft affreux de craindre, & qu'il me feroit impoffible de fupporter. On ne me félici- toit plus fur fa bonne grace, on ne me louoit plus fur fon éducation, fans me donner une envie de pleurer que je ne furmontois pas tou- jours ; & tout le tems que j'étois feule, je le paffois à imaginer un moyen de diftraire ma fille, de lui rendre le bonheur, de lui confer- ver la fanté & la vie, car mes craintes n'a- voient point de bornes. Je ne trouvois rien qui

me satisfît. Il est de trop bonne heure pour
aller à la campagne. Si j'en avois loué une dans
cette saison, & que j'y fusse allée, quels propos n'aurois-je pas fait tenir ! Et même plus
tard si je l'avois prise près de Lausanne, outre
que cela auroit été bien cher, cela n'auroit pas
assez changé la scène ; & plus loin, dans nos
montagnes ou dans la vallée du lac de Joux,
ma fille n'étant plus sous les yeux du public
auroit été exposée aux conjectures les plus in-
justes & les plus affligeantes. Votre lettre est
venue. Toute incertitude a cessé. J'ai dit mon
dessein à ma fille. Elle accepte courageuse-
ment. Nous irons donc vous voir, à moins que
vous ne nous le défendiez ; mais je suis si per-
suadée que vous ne nous le défendrez pas, que
je vais annoncer notre départ, & louer ma
maison à des étrangers qui en cherchent une.
Le régiment de *** est dans votre voisinage.
Je ne saurois en être fâchée pour mon cousin,
parce que lui-même en sera très-aise, & j'en
suis bien aise à cause du Bernois. Si le jeune
Lord nous laisse partir sans rien dire ; si du
moins après notre départ, sentant ce qu'il a
perdu, il ne court pas sur nos pas, ne m'écrit
point, ne demande point à ses parens la per-

miſſion de leur donner Cécile pour belle-fille ; je me flatte que Cécile oubliera un enfant ſi peu digne de ſa tendreſſe, & qu'elle rendra juſtice à un homme qui lui eſt ſupérieur à tous égards.

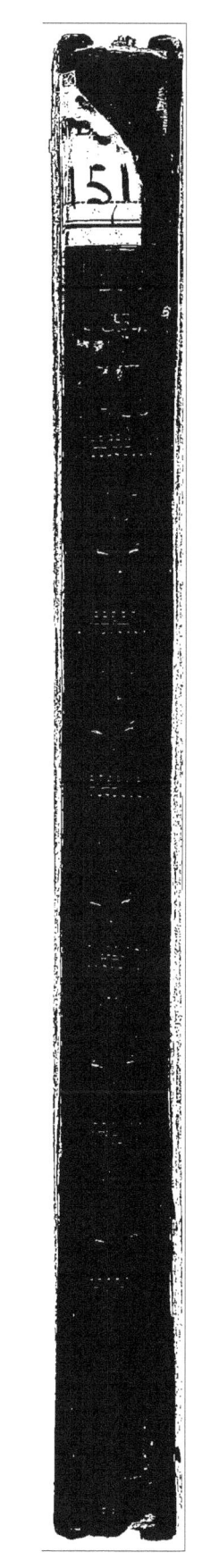

www.ingramcontent.com/pod-product-compliance
Lightning Source LLC
Chambersburg PA
CBHW060825250626
47162CB00005B/1949